ぼくは朝日

朝倉かすみ

潮文庫

目次

ぼくは朝日

第一章　富樫くん

西村朝日《にしむらあさひ》は北海道小樽《おたる》市に住んでいる小四の男子で、この七月、十歳になった。誕生日プレゼントには天体望遠鏡を希望した。脚が三本ついている、本格的なやつだ。月や星がプラネタリウムで見るときみたいにくっきりと見えるやつ。朝日は夜空に浮かぶ本物の月や星々をこころゆくまで見てみたかった。分けても月を見たいと思っていた。

同じクラスの飯塚《いいづか》くんが、お風呂の帰り、月にうさぎのかたちの影ができているのを発見したのだった。餅《もち》こそついていなかったが、あれは絶対にうさぎだと断言していた。「やっぱりか」と朝日はじっくりとうなずいた。

アメリカ人のアームストロング船長が月面を歩いたのは去年である。船長は旗も立てた。そのようすを朝日はテレビで観《み》た。だが、だからといって、月にうさぎがいないとはかぎらない。もしかしたら、ということがある。ぜひ、この目でたしかめたい。

　なのだが、朝日の希望は簡単に却下された。理由は「まだ早い」「すぐに飽きる」「こどもにしては高級品」の三点セットだった。次に希望した顕微鏡も天体望遠鏡と同じ理由であっけなく却下され、結局、朝日の希望がかなったのは磁石だった。残念ではあったが、さほどがっかりしなかった。

　大きくて、強力な磁石はカッコいい。それにだれも持っていない。同じクラスのなかには、天体望遠鏡や顕微鏡をお兄ちゃんに貸してもらえるヤツがいるが、大きい磁石を持っているとなると、朝日だけにちがいない。よーし、夏休みになったら、塩谷《しおや》に行って、砂鉄をどっさりくっ付けるぞと意気込んでいた。

　ところが、誕生日の少し前、コップのなかの空気を吸って、口のまわりにどろぼうヒゲのようなブシ色（どす黒い紫色）のあとをつけてしまった。「なんであんたは四年生にもなってそんなバカなことをするの。いいかげんにしなさいよ。みったくないんだから、まったくもう」とお姉ちゃんに絞られた。これで今年の誕生日プレゼントはナシになるかもしれないと朝日は大いに心配したのだが、ちゃんともらえた。よかった。ほんとうによかった。

　U字型の磁石は、朝日の手のひらくらいの大きさだった。銀色をしていて、ずっしりと重く、なんだか武器っぽい。ガンマンみたいに構えてみたのだが、遠くにあるものは吸い寄せられなかった。そこで手が磁石の人間の振りをした。飛んでくる弾丸を受け止める場面を思い描き、サイボーグ００９の仲間の気分を味わった。

「サイボーグ００９」はおととしだったかそれくらいまでテレビでやっていたマンガである。００９のジョーの首にまいているのは主題歌によると赤いマフラーらしいのだが、朝日の家のテレビは白黒だったため、ねずみ色だった。

白黒テレビでは、白と黒以外の色は、全部、ねずみ色だ。朝日は、「ねずみ色だけど赤」「ねずみ色だけど黄色」「ねずみ色だけど青」と見当をつけたり、つけ忘れたりしながらテレビを観ていた。

カラーテレビがきて、ねずみ色は単にねずみ色になった。カラーテレビの映す色の感じは、絵の具よりも折紙に近かった。近いのだけれど、折紙よりも強く「赤です！」「黄色です！」「青です！」と主張していた。ひとことでいうと、「なっまらカラー」(「すっごくカラー」)なのだった。

あくる日、富樫《とがし》くんにもそのように教えた。富樫くんは四年生に上がったときのクラス替えで同級生になった子で、隣の席だった。

「なっまらカラー？」

富樫くんは鼻の下を伸ばし、上唇《うわくちびる》を下唇にかぶせた。

「なっっまらカラー」

朝日は渾身《こんしん》の力を込めて繰り返した。

「いかったね」

富樫くんが蒸かしたての饅頭《まんじゅう》みたいな色白の顔をほころばせたので、

「なっっまら嬉《うれ》しい」

と鼻を擦《こす》ってから、腕を組んだ。家で言いそこねた言葉だった。お父さんからも、お姉ちゃんからも、カラーテレビを運んできたアリマ電器店のアリマさんからも、「嬉しいか？」と訊《き》かれたが、「まあな」とだけ答えた。

「誕生日だったから、磁石ももらったしな」

机のすみのちいさな穴に埋めた消しゴムのかすを鉛筆のお尻でつつきながら言った。こうやって毎日つついていれば、消しゴムのかすは徐々にかたまり、やがて消しゴムになる。

「盆と正月がきたようだね」

すごいなあ、と富樫くんは机においていた手を握りしめた。指のつけねのえくぼが消えて、骨の山が白くできた。

「なんもだ」

朝日は消しゴムのかすを鉛筆のお尻でつつく作業をつづけていた。

カラーテレビが誕生日にくると知ったのは、おとといの夜、つまり、誕生日の前の晩だった。朝日のなかでは、カラーテレビがやってくる喜びよりも、カラーテレビが誕生日のプレゼントになってしまうのではないかとのいやな予感が勝り、もしそうなったら、「テレビはみんなで観るものだから、おれだけのプレゼントにはならない」と断固抗議するつもりだった。

「ボーナスのおかげだ」

バスの運転手をしているお父さんと、信用組合に勤めているお姉ちゃんの夏のボーナスを合わせて、カラーテレビを買ったようだった。

「アリマさんに安くしてもらったとか言ってたし」

朝日の口ぶりが「たいしたことない」というふうになったのは、富樫くんが何度も何度も「すごいなあ」とつぶやくせいだった。

「半分くらいかな」

教室を見わたした。クラスの半分くらいの家にはカラーテレビがあるのではないか、という意味である。だから、そんなにめずらしくもないし、すごくもないぞと、そう言いたかった。

「でも、すごい」

富樫くんの目も教室をひとめぐりした。

中休みの教室はさわがしかった。後ろのほうでは男子が馬乗りをやっていた。

馬乗りは、守りと攻めのふたつに分かれたチームでたたかう遊びだ。まず、守りの親が壁を背に立って足を踏ん張る。親の股のあいだにべつのひとりが頭を入れ、というのを繰り返し、馬をつくる。攻めのチームは跳び箱みたいにその馬に乗っていき、馬がくずれたら馬のチームが負けだ。乗るのに失敗したら乗るチームの負けで、馬がくずれるのと、乗るのに失敗するのが同時だったら、だいぶ揉《も》める。

いつもは朝日も馬乗りをやっていた。中休みも昼休みもやっていた。今日ももちろんやるつもりだったのだが、うっかり富樫くんに話しかけてしまい、やりそびれた。馬乗り仲間に声をかけられ、腰が浮きかけたが、富樫くんが「どうぞ」というふうにニッコリ笑ったので、仲間に加わるのをよした。富樫くんは馬乗りに参加しない。今日だけでなく、いつもしない。誘われても笑ってうなずくきりだ。

「ぼくからしたら、すごい」

富樫くんが目をふせた。首を引っ込め、頭も下げた。ちょっとあぶらっぽい髪の毛に綿ぼこりのようなものがついていた。富樫くんは、からだの大きな肥満児で、勉強も運動もあんまりできない。長めの髪を七三にピッチリ分けていて、細い垂れ目で、その垂れ目を波線にしてニッコリ笑う。というか、だいたい笑っている。気がつくと、笑っている。なぜか笑う。声を立てずに、恥ずかしそうに、くすぐったそうに、謝るように、笑う。

「観にくる？」

誘ったものの、朝日の内心はなかなかに複雑だった。

一、富樫くんが、ほんとうにあそびにきたらどうしよう。

二、富樫くんと話をしていると、なんでちょっとイライラするのだろう。

三、カラーテレビがきたことと、誕生日プレゼントをもらったことが、富樫くんを「かわいそうな感じ」にしたのではないだろうか。

四、「観にくる？」と誘ったことで、さらに富樫くんを「かわいそうな感じ」にしたように思う。カラーテレビを観る権利をめぐんでやるというような、そんな雰囲気になってしまったのではないだろうか。

五、富樫くんが、ほんとうにあそびにきた場合、ジュースを飲ませてもいいのだろうか。

ジュースはゆうべ家族で祝った誕生会の残りだった。リボンジュースだ。カルピスみたいに原液をコップに少し入れ、水で薄めて飲む。朝日の家では特別な日にしか登場しない。ケーキの残りもあったが、それは、今夜、家族で食べることになっていたから、富樫くんには出せない。

こころに浮かぶさまざまな思いとはべつに、朝日の頭を横切る場面があった。近所の公園で富樫くんを見かけたことがあった。富樫くんと同じクラスになる前だった。

夕方の、ちょっと遅い時間だった。空が暗くなりかけていて、あそんでいるこどもはもういなかった。

富樫くんは逆上がりの練習をしていた。お母さんがそばにいた。お母さんは富樫くんと同じ顔をしていた。からだつきもそっくりだった。富樫くんと同じように笑いながら、富樫くんのお尻を持ち上げていた。富樫くんのお尻はなかなか持ち上がらなかった。空中を漕《こ》ぐように足をバタバタさせ、ドスンと地面に足を着けた。鉄棒を握ったまま、オランウータンみたいにからだを前後にだらだらと揺すったのち、その場を離れようとした。そしたら、「もう一回」というふうに、お母さんは指を立てた。「ね、もう一回」というふうに富樫くんの顔を覗《のぞ》き込んだ。

「行ってもいいの？」

富樫くんは首を引っ込めたままだった。机においていた握りこぶしをいったんひらき、また握った。

「べつにいいけど？」

朝日は髪の毛を掻《か》きまぜるようにした。みだれた髪をブン、と頭を揺すって直し、

「ケーキもあるでよ」

と声をひそめた。


下校し、朝日は家の前で富樫くんを待った。

朝日の家はバス停の近くだった。バス通りに面しているのではなく、中野《なかの》さんと浜田《はまだ》さんの家のあいだの空き地っぽいところのちょっと奥にあった。

くわしく言うと、商店で大根一本買うのにも「ハウマッチ？」と財布から一万円札を出してみせるおじいさんひとりで住んでいる中野さんの家と、頭のてっぺんが薄くなっているおばあさんが娘一家と住んでいる浜田さんの家のあいだの空き地っぽいところに、朝日のお父さんの白いサニーが駐《と》めてあって、そのすぐ奥に建っている、青い屋根の家だった。

富樫くんにはもっとくわしく説明しておいた。中野さんは禿《は》げていて、顔がウメ星デンカに似ていて、朝日が空き地っぽいところであそんでいると、トイレの小窓から監視していて、朝日がオンコの実を食べようとしたり、下水道を覆《おお》っている四角い石の蓋《ふた》を開けようとしたら、「コラッ」と怒鳴ることや、今年の初めに浜田さんのおばあさんが救急車で運ばれ、一命を取りとめたことを話した。

これだけ教えておけば、富樫くんは迷わないだろう。そう思ったが、やっぱり少し心配で、家の外で待つことにしたのだった。

最初は玄関ドアに寄りかかっていた。たて笛でチャルメラとか石焼きいもとか「笑《しょう》点《てん》」を吹いていた。前は救急車もやっていたが、浜田さんのおばあさんが運ばれて以来、やめていた。

あのとき、朝日は救急車が本物のサイレンを鳴らして到着し、古いドングリみたいな顔色をした浜田さんのおばあさんを担架に乗せ、また本物のサイレンを鳴らして去っていくのを見た。そのサイレンの音は、朝日がたて笛で吹く音とまるでちがっていた。

朝日がたて笛で吹いていたのは、おもちゃみたいな救急車がだれも乗せずに走っているときに鳴らす音だった。古いドングリみたいにかさついて、硬そうで、口を少し開けているのになんにもしゃべらず、そうしてちっとも動かず、もののように運ばれる浜田さんのおばあさんを目にして、朝日の胸いっぱいに広がった「どうしよう」と「たいへんだ」というふたつの言葉には、ぜんぜん間に合わない音だった。

朝日が吹いていたのは、ただ音を真似《まね》てみただけだった。ドキドキと脈打つ心臓がひびかせる恐ろしさが抜けていた。あだやおろそかに吹いてはいけない。そんなことをしたら、また浜田さんのおばあさんが救急車で運ばれるかもしれない、と思ったのだった。

富樫くんはなかなかやってこなかった。ダッシュでくると想像していたのだが、どうもそうではないようだ。

玄関ドアにくっつけていた朝日の背なかがあたたかくなった。

眠気を誘うあたたかさだった。朝日はだんだんとしゃがんでいき、やがてお尻が地面にくっついた。体育座りの恰好《かっこう》になってから、ごろりと仰向《あおむ》けに寝転んだ。朝日の家の玄関前はコンクリを流したポーチだった。四角いスペースには屋根がついていた。屋根をささえる柱が二本あり、柱と柱のあいだは十五センチくらいの段になっていた。

朝日は仰向けになったままからだを動かし、段を枕にした。まだ青い空に向かってチャルメラとか石焼きいもとか「笑点」を吹いた。昼日中《ひるひなか》ではなかったが、夕方でもなかった。太陽がまぶしく感じられた。目をつむったら、まぶたがぬるみ、とてもよいこころもちになった。気を抜くと、たて笛が口から離れてしまいそうだった。すうっと夢の世界に持っていかれそうになったそのとき、頭上から声がした。

「なにしてるの？」

富樫くんが首をかしげていた。

「待ってた」

朝日は目を開け、からだを起こした。

「それは？」

富樫くんがたて笛を指さした。

「しゅみ」

あぐらをかいて、朝日はたて笛を掲げてみせた。音楽の時間に使うベージュのリコーダーである。

「へえ、しゅみ」

富樫くんは両手でおにぎりをこしらえるような仕草《しぐさ》をした。

「切手とか、お金もあつめてる」

朝日は立ち上がり、玄関ドアを開けた。

「お金あつめって、ちょ金？」

富樫くんも玄関に入った。

「いや、生まれた年からの十円玉をあつめてる」

一円玉も、五円玉も、と朝日は靴を脱いだ。富樫くんも脱いだ。朝日が靴を揃《そろ》えたら、富樫くんもそうした。

「消しゴムかけたり、お酢につけたりすると、ぴっかぴかになる」

と言ってから、スリッパをすすめた。大人《おとな》用のえんじ色の布製のスリッパだ。富樫くんは「いいよ、いいよ。病院じゃないし」と照れた。

「あれ」

居間に案内し、朝日はテレビを目でさししめし、

「そこ」

とソファを指さし、富樫くんに座るよう促した。富樫くんはテレビに目を向けたまま、へっぴり腰でソファに近づき、おそるおそる腰を下ろした。

「つける？」

朝日が訊くと、下唇をちょっと嚙《か》んで、首をすくめるようにしてうなずいた。朝日

が電源を入れ、テレビが映るまでも下唇をちょっと噛んでいて、カッパみたいな顔つきのままだった。足は内股だった。ソファに浅く腰かけていたので、足の裏が床についていた。

「お」

テレビが映り、朝日は声を上げた。チャンネルを変え、「マッハＧｏＧｏＧｏ」の局にし、「もうすぐ始まるから」と台所にすっ飛んだ。

リボンジュースを入れ、冷蔵庫からケーキを出し、ごくちいさく切って、皿に乗せた。リボンジュースを入れたコップはオレンジ色と黄色の花のもようがついているもので、ケーキを乗せた皿にはピンク色の薔薇《ばら》があわく描かれていた。クリームがべったりついた果物包丁は流しに投げ入れた。ひとりのときに包丁を使うのはお姉ちゃんに禁じられているが、果物包丁はちいさいのでセーフとした。

ケーキは今夜、家族で食べることになっていたが、自分のぶんは先に食べたことにすれば問題ないと理由をつけた。お父さんとお姉ちゃんが美味《おい》しそうにケーキを食べていても我慢しなければならないが、でも、きっと、お父さんが見るに見かねて半分か、それ以上くれるはずだ。

コップにストローをさし、ケーキを乗せた皿にフォークをそえ、「じゃーん」と居をかく。

間に戻った。センターテーブルにおき、富樫くんの向かいに陣取り、ソファにあぐら
「お店みたいだね」

富樫くんがほっぺたを赤くして、かしこまった。

「ぼく、ストローで飲むの好きなんだ」

と朝日を見た。

「おれも」

お姉ちゃんが言ってたけど、曲がるやつもあるんだって、とつづけ、上半身を倒し気味にして腕を伸ばし、センターテーブルからケーキを取った。と思ったら、元に戻した。「マッハＧｏＧｏＧｏ」が始まったのだ。「風もふるえるヘアピンカーブ」と小声で口ずさみながら、また上半身を倒し気味にし腕を伸ばしてケーキを取った。頭で拍子を取りながら口ずさみつつ、ケーキを口に入れる。咀嚼《そしゃく》してもつづけ、いったん、ケーキの乗った皿を膝《ひざ》におき、コップを手に取り、口でストローを捜《さが》すあいだもつづけた。

富樫くんは大人しくテレビを観ていた。前屈みになって、ストローに口をつけはしたが、朝日のようにテーマ曲を歌ったりはしなかった。

「マッハゴーゴー、マッハゴーゴー」

テーマ曲の最後のほうで、朝日の声が大きくなった。

「いつもそうなの？」

富樫くんが訊《たず》ねた。

「いつもだけど？」

最終的に歌い上げるかたちになった朝日が富樫くんに目を移した。富樫くんは初めて観るカラーテレビよりも、朝日のようすのほうに驚いたようだった。

茶だんす、食器棚、食卓セット、電話台に載った電話とゆっくり視線をめぐらせていき、富樫くんはフォークについていたクリームをこそげとるように舐《な》めた。

「りっぱな家だね」

股のあいだに両手を入れ、丸いからだを前後に揺らし、ちょっと勢いをつけてから、ソファに背なかをつける。

「なんもだ」

朝日が返すと、富樫くんは、

「階段もあるし」

とテレビの横を目でさし、笑った口元のまま首を引っ込めた。

「ああ、二階はおれとお姉ちゃんとお客さんの部屋。あと物置き」

朝日も階段に目をやった。視線を戻すと、富樫くんは再び股のあいだに両手を入れていた。膝をくっつけ、内股にしたハの字の足元を見ている。足の親指を重ねて、持ち上げたり、足の裏をそらしたりしていた。いかにもなにかを言いたそうだった。

「なんもだって」

朝日は高い位置で腕を組んだ。口が少し尖《とが》っていた。パッと、チラッと、テレビを見る。剛《ごう》がミチと話をしていた。朝日はもともと剛がマッハ号をぶっ飛ばすシーン以外はそれほど興味を持てなかったのだが、ぶっ飛ばすシーンをより爽快に感じるには「早くぶっ飛ばさないかな」とジリジリする時間が必要だと知っていて、だからぶっ飛ばすシーンになるまでいつも真面目に観ていた。

富樫くんにもそうしてほしかった。テレビを観にきたのだから、テレビを観ればいいのに。家のなかや、自分のつま先じゃなくて。

「借金じごくで、火の車だ」

お父さんとお姉ちゃんが冗談で言い合う言葉を口にした。早いとこ富樫くんとの会話を打ち切ってテレビに集中したかったのだが、自分の富樫くんへの返答があんまり素っ気なかったと反省したのだった。

「むかし、お母さんが死んで、ホケンがおりて、それを頭金にして銀行に借金して建てたんだ。お母さんが持ち家に住みたがっていたからな」

お母さんの喜びそうな家にしたんだ、と壁を見回してみせたのも富樫くんへのサービスだった。朝日の家にカラーテレビがきたことを「ぼくからしたら、すごい」と言った富樫くんにたいする気遣いのようなものも含まれていた。それは「なんかちょっとごめん」というきもちによく似ていた。

富樫くんからしてみたらすごくてごめん。すごいと思わせてごめん。あー、でも、富樫くんのそういうところがどうしてもちょっとだけイライラするんだ、ごめん。

ふぅと息を吐いて、目を細めた。白地に若草色の小花模様が入った居間の壁はとても明るい。

「あそこ」

朝日はテレビの後方、階段の反対側を顎《あご》でしゃくった。

「お母さんの部屋」

板敷きの居間とふすまで仕切られた四畳半の和室には奥に仏壇が据えてあった。

ブラザーの編み機とジャノメの足踏みミシンもあった。どちらもお姉ちゃんがたまに使う。

　編み機なら持ち手の付いた四角いものを左右に動かすたびに、木のガラス引き戸(すごく滑りのいいやつ)を開《あ》け閉《た》てする音がし、足踏みミシンなら鉄のはずみ車を手前に回し、両足で踏み板を踏むと針が上下するカシャカシャ音がだんだん速くなる。

「おれ、こどものとき、あそこに座るのが好きだったんだ」

　朝日はこぶしをつくり、それを胸元で合わせ、からだを縮こませた。ミシンの踏み板に座った振りをした。もぞもぞとお尻を動かし、踏み板を動かす身振りもしてみせる。

「ただこうしてるだけだけどな。でも、なっまら楽しい」

　いまでもときどきやるけど、でもちょっと狭い、とつづけ、鼻を擦った。「たはーっ」と大げさに照れ笑いをしたのだが、富樫くんは特に反応しなかった。ハの字の足元を見ながら、こう訊く。

「お母さん、死んだの?」

「うん」

「うちはね、お父さんがいないんだ」

「死んだの？」

「たぶん」

「たぶん？」

「いちおう行方不明なんだけど、でもまあ、たぶん」

ふぅーん、と朝日は鼻息のような相槌《あいづち》を打った。

「……テレビに出て呼びかけたら？」

と提案したのは、富樫くんのお父さんが蒸発したと思ったからだ。ある日突然いなくなった家族を捜す番組があって、その番組に出演し、呼びかけると、全国の視聴者から情報が集まる。蒸発した本人から連絡が入ることもある。

富樫くんは顔を上げ、ふっくらと笑いながら、ゆるく首を振った。「はぁー」ともったいぶった息をひとつ。なんだか、ちょっと、得意そうだ。

「呼びかけてもむだだと思うな。うちのお父さんがいなくなったのは南氷洋《なんぴょうよう》だから」

「なんぴょうよう？」

それ、どこ？　と訊くと、富樫くんは「南極海だよ」と答えた。やはり目尻を下げた笑い顔だったし、そうしてやはりどことなし得意気だった。

「うちのお父さん、クジラを捕っていたんだよ。大きな大きな船に乗って。でも氷山に挟まれて船が動けなくなっちゃってさ」

　ぼくはまだ三歳だったから覚えてないけど、新聞にも載ったらしいよ、と富樫くんは付け加えた。

「すげえ」

　朝日は組んでいた腕をほどき、両手で膝をパン、と叩《たた》いた。肩を怒《いか》らせ、前傾姿勢になり、あぐらをかいた膝を両手で摑《つか》み、

「クジラ捕ってたのか、南氷洋で」

すげえ、と目も鼻の穴も口も大きく開けた。

「でも、もう、いないから」

　富樫くんはカッパの口をして、静かにうつむいた。「お父さんがいたころは内地に住んでたんだけど」とつぶやく。

「内地？　東京か？」

「和歌山だけど。あったかいから二毛作ができる」

「すげえ」

「なんもさ」

　富樫くんは目を上げ、ニッコリしながら首を鳩《はと》みたいに前後に動かした。ふくよか

な頬《ほお》がべに色に染まっている。もとより赤いのだが、もっと赤くなっていた。そこにクリームパンのような手をあてがい、「だけどね」とため息をついた。

「いいときは長くつづかないよ」

たいそう大人っぽい口調で言い、そっとかぶりを振る。

「お父さんが死んで、おばあちゃん家《ち》に帰ってきたんだけど、おじいちゃんがいなかったから、男手がなくてさ。おばあちゃんもすぐに死んじゃって。でもおばあちゃんの大家さんがいいひとで、お母さんに仕事を世話してくれたんだよ。寮でごはんつくる仕事。住み込みで。掃除とかもする」

「いかったな」

朝日は短く答えた。怒らせていた肩が自然と下がった。前方に傾けていたからだもゆっくりと元に戻る。

「まあ、そうだね」

富樫くんは相変わらずにこやかだった。両手は股のあいだに入れたままだった。

「文句を言ったら、ばちがあたるよ」

うふふ、というふうに肩をすくめた。

「寮には男のひとしかいないんだよね。いつもじゃないけど、お母さんにヘンなことを言うわけさ。よく分かんないけど、なんか、たぶんいやらしいこと。で、みんなでいっせいにお母さんをゲラゲラ笑うの。……ほかにもいろんなことあるんだけど。うん、あるんだけどさ。あるんだけど」

文句を言ったら、ばちがあたるから、と富樫くんはうなずいた。

「よっこいしょ」

朝日は立ち上がった。声と動作がちょっとずれた。テレビに近づき、チャンネルを回す。その手応え。時計の針を進めているような錯覚におちいる。

富樫くんの声が耳に残っていた。富樫くんが話したことの内容はあんまりよく分からなかったけれど、富樫くんの声のあらわすものは朝日にドスンとぶつかってきた。その打撃。胸の一点に鋭い痛みがさしてくる。連動して鼻の奥がツンとなる。

チャンネルを逆に回した。手に力がこもる。もしもこのチャンネルがほんとうに時計の針と直結しているのなら、過去に戻れる。富樫くんのお父さんが南氷洋で行方不明になる前に、時間を戻せるかもしれない――。

「あ、磁石、見る？」

チャンネルから手を離し、富樫くんを振り返った。

「見る、見る」

富樫くんは大きくうなずいた。声と動作がちょっとずれた。富樫くんの表情は、なんというか、ばらばらだった。全体的な印象としてはいつもと同じ笑顔なのだが、よく見ると、細めた目がカチンと硬い。

失敗を取り戻そうとしているふうに、朝日には見えた。朝日にもそんな感覚があった。きもちをどこに持っていけばいいのか分からなくて、めったやたらに地団駄《じだんだ》を踏みたくなるこの感覚は、「失敗した、なんとかしなきゃ」と焦っているときにすごく近い。

加えて、朝日には後ろめたさがあった。ついさっき、チャンネルを逆に回して過去に戻そうとしたとき、朝日のお母さんが亡くなる前まで戻したくなった。富樫くんにかこつけて、お母さんが生きている世界にしようとした自分が、朝日はめっぽう恥ずかしかった。

「これなんだけどさ」

どかどかダンダンと騒々しく階段をおり、富樫くんの隣に陣取った。あぐらをかき、自室から持ってきた磁石を富樫くんによく見せる。

「けっこう重い」と富樫くんに持たせ、「強力なんだ。冷蔵庫に付けたら、取るのにすげぇ力、いる。砂鉄とか、たぶん、山盛りくっ付く」と言い、「夏休みになったら、塩谷に連れてってもらうんだ」と打ち明けた。塩谷海岸の砂浜は砂鉄をふくんでいる。海水浴に行くなら、同じ砂浜でも黒っぽくない蘭島《らんしま》かフゴッペを朝日は好むのだが、砂鉄を山盛りくっ付けた磁石のようすはぜひ見たかった。ただし、その約束はまだお父さんともお姉ちゃんともしていない。

「富樫も行くべ」

そうつづけたら、富樫くんが黒目をはしっこく動かし、朝日に向けた。「いいの？」と言っているようだ。朝日が当然だというふうに肯《がえ》んずると、富樫くんは「でも、お母さんが『いい』って言ったらだけど」と磁石に目を落とした。U字型の磁石の両側を両手で持ち、重さをはかるように揺すっている。

「『いい』って言うサァ」

海行くだけだべや、と朝日はソファにふんぞり返り、頭の後ろで手を組んだ。近所の子持ちの大人や友だちの両親に海に連れて行ってもらった経験を話し始める。

「だれそれさん（引率者の名前）の言うことをよく聞くこと」とくどく注意はされるものの、お姉ちゃんのつくるお弁当は家族で海水浴に行くときよかほんの少し手が込んでいるし、赤の他人の大人たちは家族よりも朝日にやさしく接するし、同い年くらいのこどもと思う存分あそべるし、朝日としては、むしろ家族で行くより愉快だった。

「おれ、一回、おぼれかけたさ」

海中に潜り、同行した友だちの足の裏をくすぐろうと近づいたら、顔を蹴られて「うっ」と唸《うな》った瞬間、水を飲んでしまったことがあった。無我夢中で手足をばたつかせ、なんとか浮上したのだった。

「ほら、そういうことがあるから」

富樫くんは磁石でセンターテーブルを叩いた。思いついたようにソファも叩く。

「そういうのに磁石は付かない」

朝日は富樫くんを促し、台所に向かった。「たとえばこれ」と冷蔵庫に磁石を付けさせ、「な?」と腕を組んだ。

「すごく付くね」

富樫くんは冷蔵庫に付いた磁石を滑らせたり、おそるおそる離したりしながら、

「海はあぶないからね。お母さんが心配するんだ」

学校で行くので充分なんでないのって……、とつぶやいた。朝日たちの通う小学校にはプールがないので、蘭島で海水浴授業をする。

「おれ、何百回も海に行ってるけど、おぼれかけたのは一回だけだぞ」

冷蔵庫の脇においたワゴンに載っている魔法瓶を指さし「これも付く」と教えてから、朝日は言った。

「付くね」

持ち上がりそうだ、と魔法瓶に磁石を付けて、富樫くんが答える。

「持ち上がるのはこっち」

朝日は富樫くんを風呂場に案内した。朝日の家の風呂場の横に納戸がある。本棚みたいになっていて、「普段使わないもの」がしまってあった。

そこの二段目にジョーロがあった。鉄製だ。朝日が目でさししめすと、富樫くんは黙ってジョーロに磁石を付け、そうっと持ち上げた。ホッホッホッと息をするように笑う。朝日もホッホッホッと笑ってみせ、「それだけじゃない」とちょっと威張った。

ジョーロの載っていた板の下に手のひらをあて、「ここから磁石を付けると、動く」と教えた。富樫くんが朝日に言われた通りにする。板越しに動くジョーロの動きはスムーズとは言いがたく、また、「普段使わないもの」をひとまとめにしているためスペースも狭い。だからこそ、ジョーロがおのずからコッソリ動いているように見えた。

「もっとおもしろいやつがある」

朝日はジョーロを床に下ろし、代わりに工具箱から釘《くぎ》をひとかたまり掴み、ばらまいた。「ちょっとコツがいるんだけど」ともったいぶった口調で断ってから、「下で磁石を回したりすると、釘が立ったり、へびみたいにウニョウニョつながったりする」と教えた。

「……やっぱり海はあぶないよ」

板の下をなぞるように磁石を動かしながら、富樫くんがひとりごちた。

「あぶなそうなところには行かないほうが絶対いいし、あぶないこともしないほうがいいんだよ」

とかぶりを振る。

「それはそうだけどさ」

文句を言いたげな朝日をちらと見て、富樫くんがつづける。「特に海。お母さんは海がきらいなんだ」

朝日は「んー」と目を上げ、天井を見た。そのまま、

「富樫は？」

富樫も海、きらいなの？　と訊いた。「あー」と富樫くんは腑抜《ふぬ》けた声を出し、磁石を板の下から外した。赤いUの曲がった部分を持ち、銀色の両はしと、しばしにら

めっこをした。

「よく分からない」

海は海だけど、塩谷も蘭島もフゴッペも南氷洋じゃないし。でも、お母さんがね、と銀色の両はしをおでこに付ける。

「お母さんがさ、心配するから」

と納戸の引き戸の薄い側面に、上から下へと点線をかくようにして磁石を動かし、

「だから、ぼくは馬乗りもしないし、牧場の肥だめも覗きに行かないし、自転車で拍手もバンザイもしないの」

と言ったあと、「あ、言ったっけ、ぼく自転車持ってるんだよ、寮のひとのお下がりだけど」と早口で付け加え、「大人用だから大きくて、足が届かないから、お母さんが見てるとこじゃないと乗っちゃいけないんだけども」ともっと早口でさらに足した。

「ふぅん」

朝日は口ごもった。次の言葉が出てこなかった。

富樫くんも口をつぐんだ。ふたりはなんとなく居間に戻った。確認し合ったわけではなかったが、ふたり同時に居間に足が向いたのだった。

テレビが「トムとジェリー」を映していた。ソファに寝そべったトムがジェリーをいたぶるシーンに「こんちトムさん」と軽快なナレーションがかぶさる。

ふたりはテレビの前で突っ立って、「トムとジェリー」を観た。

「こうやってテレビ観てると、すげぇ怒られるんだ」

どけろや、と朝日は太い声を出し、お父さんの真似をした。昨晩、朝日はテレビの前で歯を磨いた。最初は洗面所で磨いていたのだが、テレビの音にからだが吸い寄せられた。

「行儀悪いとか、おれはおまえの尻を見るためにテレビ買ったんじゃないとか。しまいに、はぁってゲンコに息吹きかける音がして、『ワン、ツー』って」

テンまで数えたらゲンコを張られる決まりだった。だから朝日はテンまでいかないうちに洗面所に戻った。

「お父さん、怒るの？」

富樫くんが訊いた。磁石の両はしでズボンの脇を擦っている。

「お姉ちゃんのほうが怒る。お姉ちゃんはだいたいいつもキーキー怒ってて、お父さんにも怒る」

朝日は肩を富樫くんのそれに寄せ、「うるさいけど、そんなに怖くない」と言い、「本気出したお父さんがいちばんすごい」と大げさに身震いしてみせ、お父さんがちょっと手をあげただけで、反射的に両手で頭を覆う身振りもしてみせた。

「けど」

言いかけて、のみ込んだ。朝日がもっともこたえるのは、ごくたまにお姉ちゃんが静かに放つひとことだった。

「なんでもない」

バイバイするときみたいに胸の前で両手を振った。「なんでもないって」と念押ししたが、富樫くんは気にしていないようすである。

「うちのお父さんはやさしかったよ。うちにいるときは、いつもぼくを抱っこして、頭を撫《な》でたよ。お母さんもやさしいよ。怒らないよ」

でも、泣く、とテレビの横に磁石をあてた。分厚いテレビの側面に、磁石で大小のマルをかきながら「なにかと言うと泣く」と言った。

「付かないって」

朝日はひとりごとのように言った。テレビの側面は木製だ。磁石が付くわけがない。

「知ってる」

そう言いながら、富樫くんは磁石を滑らせ、テレビの上にのぼらせた。アンテナをよけ、今度は磁石で波線をかいていく。

「いつもはにこにこしてるんだ。でも、にこにこがスーッとなくなって、泣く」

こうやって、と富樫くんは磁石を持ったまま、前掛けで涙をぬぐう振りをした。

「それが怒るってことか？」

朝日が確認すると、富樫くんは浅く首をかしげ、

「怒らないよ。うちのお母さんは絶対に怒らないの。でも、泣くんだよ」

と磁石をテレビの天板にあてた。ほんの少し前面に下ろし、四角いテレビの輪郭をなぞり出す。始めは上部の横線、左はしまでいって、下がり、スピーカーに到達。ペンキを塗るように丁寧になぞっていき、スピーカーのはしっこ、ブラウン管側に近づく。そして富樫くんはブラウン管の輪郭を磁石でなぞり始めた。トムの目玉がびよーんと飛び出しているふちを、ゆっくりとなぞる。テレビに変化が起こった。薄い虹色のオーロラのようなものがあらわれたのだ。

ふたりは顔を見合わせた。ふたりとも目を見ひらき、口を開けていた。驚きの表情であり、感動の表情でもあった。

「魔法だ！」

朝日の声と、

「きれい……」

富樫くんの声がかち合った。「うん、きれいだ」と朝日が声をうわずらせ、「魔法だね」と富樫くんもはぁはぁ息を弾ませた。

虹は磁石の動きに合わせて、あらわれた。磁石をブラウン管に近づければ近づけるほど、あざやかな虹になった。不定形の虹である。磁石の羽衣のようにひらひらと、ふわふわと、見る間にかたちと色を変え、逃げ回るジェリーや、舌なめずりして追いかけるトムや、反撃するジェリーや、ノックアウトされるトムを彩った。

「普通のカラーテレビよりこっちのほうがきれいだね」

富樫くんの言葉に、朝日はお手柄だ、というふうにしっかりとうなずき、「なっまらカラー！」とゼンマイ仕掛けの猿のおもちゃのように手を叩いた。しかし。

興奮はそんなに長くつづかなかった。虹が消えないことに気づいたのだ。

たとえようもなくきれいでも、虹が出っぱなしの画面は見づらい。磁石の魔法は虹を出現させるほうにしか効かないらしく、どんなことをしても――近づけたり、放したり、「消えろ」と念を送っても――虹は居座った。電源を切り、またつけてみても、ちゃあんと虹がひらひらと、ふわふわとニュース番組を彩っていた。

「どうする？」

朝日が声を発した。答えを期待する問いかけではなかった。怒られる、絶対怒られる、との思いでいっぱいだった。どのくらい怒られるのか、ちょっと想像がつかなかった。買ったばかりのテレビを壊すのは、いままでしてきた悪さのなかでもダントツに罪が重い。「間違った」では済まされない。

「ぼく、帰る」

「え？」

「帰る」

帰る時間だし、と富樫くんは壁掛け時計を見上げ、見上げたまま、「ダンパン、やめてね」とつぶやいた。「弁しょうもちょっと」とか細い声を出し、「ぼくが大人になったら、もっとすごいテレビ買ってあげます」と壁掛け時計に向かって頭を下げた。

「さようなら」とほとんど聞き取れない声で挨拶し、玄関に足を向けた。

「帰るなや」

朝日は富樫くんの肩を摑んだ。

「残業がなかったら、もうすぐお姉ちゃんが帰ってくる。いま言ったこと、お姉ちゃんに言え」

「遅くなると、うちのお母さんが心配するし、それに、ぼくだけのせいであんなんなったんじゃないよね。西村くんもいたんだもの。西村くんの家なんだから」

富樫くんはいやいやをして、朝日の手を振りほどき、顔だけテレビに顔を向けた。ハッとしたようにからだごと朝日を振り向き、「いいこと思いついた」と弾みをつけて、言った。

「テレビ、消しとくんだよ。お姉ちゃんがつけて、『これ、どうしたの？』って訊いたら、『知らない』って言えばいいの」

「あ」

朝日は思わず声が出た。目がかがやいた。素晴らしい思いつきだった。実に「いいこと」だ。ちょっとずるいけれど、背に腹は代えられない。なるほど、その手があったか。あったまいー、という目で富樫くんを見た。

富樫くんは、上目遣いで朝日を見ていた。カッパの口で笑っていた。お腹あたりで両手を重ねていた。いかにもずるそうな顔だった。これ以上の案はないというような自信と、なのに朝日に気に入られようとするような、朝日の一の子分であるような従順さと、必死さが混じりあっていた。富樫くんが笑みを引っ込めて、言った。

「お母さんに心配かけたくないの。だって、ぼくはもうずっと、ずっと前から、すごく」

富樫くんは涙と鼻水を同時に流した。透明な鼻提灯《はなちょうちん》ができて、やぶれるさまを見つめる朝日は、おそらく、富樫くんの言いたいことをかなり正確に受け取っていた。富樫くんは、きっと、もうずっとずっと前からがんばっていたのだ。我慢もしていたのだ。お母さんのために。

朝日は両手を髪に入れた。地肌が汗で濡れていた。

なんで、と思っている。なんで、富樫くんの思いついた「いいこと」にすぐさま賛成できないのか。迷うのか。

嘘《うそ》をついたり、ごまかしたりすることは朝日にだってある。しょっちゅう、ある。だが、テレビにかんしてはやってはいけないような気がする。お父さんとお姉ちゃんがボーナスをはたいて買ってくれた、大事なカラーテレビだ。大事なものにかんしてつく嘘は、大きな嘘だ。しくじりをナシにしようとする嘘なら、もっといけない。いや、それだけでなく。そうじゃなく。すごくそうしたいけど。だけど。

「だめだ」

朝日は首を振った。

「お母さんが悲しむ」

それは、朝日がもっともこたえるお姉ちゃんの言葉だった。いつしか、朝日の行動規範となっていた。規範の内容は明確ではなかった。ときに揺れた。お母さんが悲しまないズルも、朝日のなかではいくつもあった。ほとんどがそれだった。でも、今回はアウトだ。だって、テレビだ。カラーテレビだ。

「そんなズルをしたら、お母さんが悲しむでないか」

富樫くんはびっくりした顔をして、ちいさなしゃっくりをした。盛大に洟《はな》をすすり上げる。「悲しむ」ということを考える目をした。彼が知っているかぎりの悲しみというものをそっくり掻き集め、検討するような、そんな目だった。

「おれたちは共犯だ」

ふたりで謝るべ、な？　と朝日が持ちかけた。富樫くんはコクンとうなずいた。うつむいたまま「でも西村くんが先ね」と念を押した。

玄関の床に正座して、お姉ちゃんを待つことにした。

すぐに足が痺《しび》れ、女座りに変えざるをえなかった。そこでお姉ちゃんが帰ってくるまで、女座りでもオーケーにした。お姉ちゃんがドアを開けたら、正座に戻すつもりだ。これはズルでもなんでもないとふたりの意見が一致した。法事や祥月命日《しょうつきめいにち》でお坊さんがお経をあげているあいだ、朝日も富樫くんもこの方法で乗り切っていた。

しばらく、ふたりはなにも話さなかった。

朝日が考えていたのは、やはり「どのくらい怒られるか」だった。いくらお姉ちゃんでも、富樫くんがいるのだから、そうひどくは怒らないと思うのだが、テレビを壊したとなると話はべつになるかもしれない。「なんてことしてくれたのっ!」と最初から全開できてもおかしくない。激しく怒るとき、お姉ちゃんは目が吊《つ》り上がるだけでなく、眉毛《まゆげ》も逆立って、相当怖い。朝日の頭や背なかをぱちぱち叩くこともある。そんなに痛くないが、叩かれているところを富樫くんに見られるのはいやだ。

もし富樫くんと一緒にいるおかげで、お姉ちゃんが怒りを抑えたとしたら、富樫くんが帰ったあとが本番だ。これはこれでいやだった。長くなるに決まっている。寝るまで文句を言われる。次の日も、ひょっとしたらその次の日もつづくかもしれない。だって、テレビを壊したんだから、とそこまで考え、思い出した。ああ、そうだ。お父さんが帰ってきたときにも、きっとまた、最初から怒られるんだ。

「ただいま」と帰ってきたお父さんにお姉ちゃんは「お帰りなさい」も言わずに「ちょっと、お父さん。朝日が、たいへんなことをしてくれたんだから」とプリプリした口調で大げさに言いつけ、お父さんが「お。どうした朝日」とのんきに答えたら、そののんきさに腹を立て、「朝日、ほら、自分の口で言いなさい。お父さんに謝ることがあるんでしょ。フニャフニャしないで！」と朝日を怒鳴りつけるんだ、絶対。

「はあっ」

深いため息が出た。

「はあっ」

富樫くんも同じような息を吐いた。目と目を合わせ、なんとなくうなずく。そのときだった。「ただいまー」と玄関ドアが開いた。水玉の開襟《かいきん》シャツに紺色のスカートを合わせたお姉ちゃんが茶色いバッグを肩から下げて帰ってきた。後ろ手でドアを閉めようとして朝日と富樫くんに気づき、ぎょっとしたような顔をした。

「なに？　なんなの？」

朝日と富樫くんは素早く正座に直り、おでこを床に付けた。「ごめんなさい」とまず朝日。

つづけて富樫くんも「ごめんなさい」。

「だから、なに？」

「テレビ、壊れた」

「虹が消えないです」

「チョット磁石を、な？」

「うん、チョット」

「え？」

お姉ちゃんは眉間《みけん》に皺《しわ》を寄せて靴を脱ぎ、ふたりのあいだを大股で通り抜けた。居間に飛んで行ったようだ。朝日と富樫くんも立ち上がり、あとを追った。居間に着くと、お姉ちゃんがテレビの前にいた。スイッチを入れ、テレビが映るのを待っているようすだ。

浮き出るように画面に映像があらわれた。もちろん虹も出ている。天女の羽衣みたいに画面を彩っている。

お姉ちゃんはなぜかゆっくりと朝日と富樫くんを振り向いた。驚きでいっぱいの顔をしていた。朝日と富樫くんが「ね？」というふうにうなずくと、なぜこうなったのかの説明を改めてふたりに求めた。

「今日、中休みに富樫くんにカラーテレビと磁石を見せる約束して、そして富樫くんがあそびにきて、ケーキとジュース出して、最初は『マッハＧｏＧｏＧｏ』を観て、富樫くんのお父さんが南氷洋で氷に挟まれて死んだって聞いて、南氷洋は南極海のことで、富樫くんのお父さんはクジラ捕ってて」

「そこは端折《はしょ》っていいから！」

テレビがこうなったところを早く言いな、とお姉ちゃんは腰に手をあてた。

「あ、磁石をチョット近づけたんです」

富樫くんが割って入った。

「うん、チョット近づけただけで、わーっと虹が出て」

朝日が言うと、お姉ちゃんが「チョット？」といかにも怪訝《けげん》そうに繰り返したあと、「なんでそんなことしちゃったのサ」とひとりごち、朝日に実際にやってみるよう命じた。

朝日はテレビの上においていた磁石を手に取った。そのときだ。急に思った。もしかしたら今回のことで磁石を取り上げられるかもしれない。「朝日に磁石を持たすとロクなことしない」とかなんとか言われて……。スン、とちいさく鼻息を漏らし、朝日は磁極をテレビ画面に向けた。それだけで新たな虹が出現し、揺らめいた。

「ほんとだ」

お姉ちゃんがつぶやいた。

「こうすると、もっと」

朝日は磁石で円を描いた。まさに虹でできた天女の羽衣がひるがえっているようだった。何人もの天女が脱ぎ捨てた羽衣がひらひらと、ふわふわと浮遊している。

「きれいだ」

朝日の口からつい漏れた。そばで突っ立つ富樫くんも「きれい」とつぶやく。

「うん」

お姉ちゃんも思わず同意してしまったようだ。視線はテレビ画面をたゆたう虹に釘付けだった。お姉ちゃんの目は、初めて見た「とてもきれいなもの」に興奮しているようだった。

「でも、どうしよう」

口を開けてテレビ画面を見ながら、お姉ちゃんが小声でひとりごとを言った。お姉ちゃんはほんとうに困っているようだった。テレビが直るかどうか、朝日たちを怒るのを忘れるくらい、不安だったようだ。「とにかく」と手首を返して腕時計をたしかめ、「アリマさんに電話してみる」と言った。

十五分もかからず、アリマさんが到着した。お姉ちゃんが玄関で迎え、居間に案内する。

「これなんですけど」

お姉ちゃんがテレビを示すと、アリマさんは「ははーん」と顎に手をあてた。大ぶりの工具箱を床におろす。朝日と富樫くんの目の前だった。ふたりはテレビから少し離れたところで所在なく体育座りをしていた。

「びっくりしたよね。だいじょぶ、だいじょぶ」

アリマさんが朝日と富樫くんを交互に見て、声をかけた。

アリマ電器店のアリマさんは腰が低く、背が低い。そして頭がいくぶん大きい。眼鏡をかけているので、フクスケというよりハカセくんという印象だ。色が白くて、癖《くせ》っ毛で、顔のかたちが電球に似ている。ソケットを差し込めばピッカリ光りそうだ。

朝日は、普段、アリマさんを少しだけ軽んじていた。いまもそのような気分だった。アリマさんにテレビが直せるのだろうか。だって、アリマさんがくるまでに、お姉ちゃんも磁石を使って虹をたくさん出してしまった。テレビ画面は、朝日が見るところ、もう取り返しがつかない状態である。

「ちょっと、その磁石、貸してくれるかい？」

朝日は手に持っていた磁石をアリマさんに差し出した。「え、アリマさんまで？」と思った。「これ以上ワヤにする気か」とも。でも、ちがった。全然、ちがった。「サンキュー」と磁石を受け取るやいなや、アリマさんは磁石をテレビ画面に向けた。窓拭《ふ》きをするように磁石を動かすと、なんと、全部の虹がテレビ画面の奥に入っていくように消えてなくなったのだった。手品か！　引田天功《ひきたてんこう》か！　アリマさん、なまらカッコいい！　ハカセくんでピッカリくんのアリマさんが！　こんなに！　あんまり見事すぎて可笑《おか》しくなった。笑いが止まらない。仰向けにひっくり返って、足をばたつかせた。富樫くんもお腹を抱えてヒーヒー笑った。「すごい、すごい」と悶《もだ》えている。「なに笑ってんの」と言うお姉ちゃんも笑っていた。朝日たちにつられてアリマさんも表情をゆるめた。両手で磁石を持ったまま、首をかしげ、もじもじと微笑した。

第二章　カズ坊さん

学校から家に帰ると、朝日は素早くランドセルをおろし、肩ベルトを持って階段の下まで行って、腕を後ろに引いたのち、思いきり放り投げる。

いくらどんなにがんばっても階段のいちばん上には届かない。朝日の家の階段は途中で右に曲がっている。でもいつか届く日がくるのではないかと朝日は思っていた。ある日、なにかの拍子に大きく右に曲がるランドセルの投げ方を会得するかもしれないと期待しているからなのだった。

朝日の「期待」にはもうひとつあった。こうやって毎日放り投げていれば、ランドセルが早く傷む。ランドセルは、古びていればいるほどカッコいい。ところどころの縫い目がほころび、いくつか傷がつき、ふちがめくれ上がったかぶせのカッコよさは、一年生が背負うカブトムシみたいに硬くてつやつや光るそれの比ではない。

朝日のランドセルは着実にその状態に近づいていた。ことに、かぶせに付いていている、二本の時計バンドのようなもののくたびれ方なぞは相当いい線をいっているとひそかに自慢しているのだが、六年生のランドセルを見かけたら、まだまだだと思わざるをえなく、早くあの域に達したくて、毎日の放り投げはもちろん、必要以上の回数と乱暴さを以《もっ》てランドセルを開閉していた。たまに踏んづけてみたりもした。

それから朝日は水を飲む。使うコップ代わりに使うのは、ノルウェーの国旗のもようの入ったマグカップだ。

おととい、島田《しまだ》さんにもらったお土産である。島田さんはお父さんの友だちで、普段は会社員をしているが、実はスキーの「距離」の選手で、国内はもとより外国の大会にも出場している。二年前のオリンピックにも出たし、再来年の札幌オリンピックにも出るかもしれないほどの選手なのだが、朝日の家では単に「お父さんの友だち」として扱われていた。

島田さんは、年に数度やってきては、お父さんと無駄話をして帰る。かならず外国のお土産を持参し、「これはどこそこで買ったもの」と地名を言い、朝日とお姉ちゃんにわたす。おととい持ってきたのは「ノルウェーのオスロで買ったマグカップ」で、お姉ちゃんには「フランスのグルノーブルで買ったハンカチ」だった。

島田さんのお土産は、その年に行った外国のものではないところに特徴があった。

たぶん、島田さんの家には、あちこちの外国で買ったお土産がたくさんあり、そのなかから、適当に選んで持ってくるのだろう、というのがお姉ちゃんの意見だった。買ったばかりの新しいお土産を持ってこないのは、「なんとなくいたましい（もったいない）」からで、「そういうケチくさいところがあるから、スキーもパッとしないんでない？」と島田さんが帰ったあと、ビールジョッキを洗いながらつづけた。

「辛辣《しんらつ》だなあ」

お父さんがかぶりを振ったら、お姉ちゃんは、

「なーんか焦《じ》れ焦れすんだよね、あのひと見てると」

とそっけなく応じた。

「『あのひと』っておまえ」

お父さんはちょっと無理した感じで苦笑いをし、

「おれの友だちなんだから、気ぃ使えや」

と、わりと本気の声で言った。島田さんは国際大会で華々しく活躍したことがなく、かといって国内でも無敵というわけではない選手だった。それをお父さんはいつも、なにかというとからかいの種にするのだが、自分が言うのとお姉ちゃんに言われるのでは話がちがうようだった。

それは朝日も感じた。お父さんが島田さんに言う「パッとしない」には長年の友だちならではの親しみと、成績こそふるわなかったが国際大会に出られたのだからたいしたものだという尊敬と賞賛が込められているが、お姉ちゃんの口にした「パッとしない」には、「パッとしない」よりほかの意味がなさそうだった。

でも、きっと、島田さんは、お姉ちゃんにそう言われても、お父さんに言われたときのように「いやー」と短い横分けの頭を掻いて、日に灼《や》けた四角い顔をほころばせるんだろうな、と思った。眉毛も目尻も下げて、分厚い肩をすくめ、襟《えり》が片方なかに入ったポロシャツの胸元を上下させて、「は、は、は」と笑うんだろうな、と。

「あれでもいいとこはあるんだしよ」

お父さんが言いかけたら、お姉ちゃんは、濡れた手をタオルで拭いてから、ポニーテールのシッポの部分をふたつに分けてきゅっと引っ張り、結び目のゆるみを直して、

「気は使ってます。まさか面と向かって言うわけないじゃないの」

ただなんか肝焼けるだけ、とシンクのふちを手のひらでトンと叩いた。

（お姉ちゃんはなー）

朝日は胸のうちでつぶやいた。一年生の背負うランドセルみたいだ、というような

ことをつづけて思った。総じて女子のランドセルは男子よりきれいだが、もしお姉ちゃんをランドセルにたとえたら、六年生になっても交通安全の黄色い布がよく似合う新品みたいな状態ではないか。革が硬くて、縫い目もほつれてないやつ。よほど丁寧に扱わないとそうはならない。

だからなのかもしれないが、お姉ちゃんは朝日がランドセルを手荒に扱うのが我慢できないようすだ。朝日の放り投げや踏んづけ行為を見つけると、「なんてことするの！」とただでさえ大きな目をひんむいて怒鳴る。ややしばらくキーキー声で怒ったあと、低く、湿った声に変え、「そんなことをしたら、お母さんが悲しむ」と朝日がいちばんこたえる言葉を言うのだった。

それを聞くと、朝日は自分がこの世でもっとも悪い人間になった気がしてくる。お姉ちゃんが朝日を叱るときには決まりごとのように「お母さんが悲しむ」と言うので、朝日にしてみれば聞き慣れた言葉なのだが、言われると、いつも新鮮に、こころが黒く塗りつぶされる。朝日は写真でしかお母さんを知らなかった。お母さんは、朝日を産んだときに天国にとられてしまった。

水を飲み干した。ノルウェーの国旗のもようのマグカップを流しにおいた。

台所から自分の部屋に向かうため、階段に歩を進めた。進めながら、野球帽を脱いだ。むわっと頭から湯気が立つような感じがする。汗でおでこに張り付いた前髪をほぐしつつ、階段をのぼった。途中でランドセルを拾い、また放り投げる。

階段のいちばん上まで届いたランドセルを足の側面でずるずると部屋まで運びながら、仔猫《こねこ》のことを考えた。

学校の帰り道で、「かわいいこねこ、上げます」の貼り紙を見たのだった。貼り紙を出していた家は入船《いりふね》公園の手前にある、木造の平屋だった。ぱっと見では、ひとが住んでいるとは思えないようなオンボロで、あの家に「かわいいこねこ」がいるとは信じられなかった。だが、貼り紙を見て、反射的に「ごめんください」と訪ねた朝日を出迎えたおばあさんはやさしかったし、三匹いた仔猫はみんな、すごくすごくすごくかわいかった。

お母さん猫はお腹の白いよもぎ猫で、三匹中、二匹がお母さん猫と同じだった。白い部分の占める面積や場所は、お母さん猫とはちょっとずつちがっていたが、よもぎ猫であることにはちがいなかった。一匹だけが真っ黒で、ほかの二匹よりひとまわりからだがちいさかった。朝日は、三匹ともひとしくかわいいと思ったのだが、そこの家のおばあさんは、「黒いのは器量が悪くてねえ、からだもちいさいし」と心配げだった。

段ボールに入れられた三匹の仔猫を撫でさせてもらいながら、朝日はへんてこなきもちになった。胸が高鳴るいっぽう、泣き出す一歩手前によく似た、息を急に吸い込んだようなせっぱつまった感覚がやってきたのだった。

ランドセルを自室に入れ、自分も入ったいまもまた、「へんてこなきもち」におそわれた。

黒いちび猫のゴリっとした骨の感触も手のひらによみがえった。武者震いのようなものが起こる。あいつはおれがなんとかしないと、と思うと、お腹の奥がじんと熱くなる。

でも、独断であいつをもらってくるわけにはいかない。お姉ちゃんの許可を得ないとだめだ。朝日の念頭にお父さんの許可はなかった。

生き物にかんして、お父さんは、絶対、反対しない。お父さんは生き物を飼いたがり屋なのだ。

毎春、朝日をともない水源地に行き、カエルの卵を大量に採ってきて、大量にオタマジャクシに孵化《ふか》させ、お姉ちゃんにきもち悪がられて水源地に戻しに行く。夏は朝日の自由研究という名目があるので、大手を振って天狗山《てんぐやま》でクワガタやカラスアゲハなどを採集する。「いくらなんでもこんなに要らない」とお姉ちゃんに怒鳴られ、朝日の友だちに配って歩く。

お祭りでは当然カメとカラーヒヨコと金魚を連れて帰るのだが、これらはなぜか短命で、玄関横の花壇にいくつもお墓ができる。花壇にはお姉ちゃんが植えたチューリップやスイセンやクロッカスの球根が眠っているので、「ここは墓地じゃなくて花壇なの」と文句を言われる。生きながらえたカメとヒヨコと金魚は、お姉ちゃんの命により、それぞれご近所のカメ飼い、ニワトリ飼い、金魚飼いの家に引き取ってもらう。特筆すべきはニワトリ飼いの大島《おおしま》さんだ。カラーヒヨコをニワトリにまで育てるのが上手で、大島さんの家には、羽根に青や赤の色味の残ったニワトリが何羽もいて、毎朝元気にトキを告げる。

朝日がちいさいころはスピッツや十姉妹《じゅうしまつ》も飼っていた。スピッツは病をえて死に、十姉妹は増やしすぎてお姉ちゃんの堪忍袋の緒が切れ、赤ちゃん鳥を小鳥飼いの家に引き取ってもらった。元いたつがいはその後しばらくして死んだ。

短いあいだだったが、アヒルも飼っていた。お父さんが知り合いから譲ってもらったのだ。ベランダで飼っていたのだが、アヒルは鳴き声がうるさく、食べ方があまりにも汚く、こども用プールの水の入れ替えもたいへんで、水道代がバカにならず、冬は小屋を建てなければならないので、お姉ちゃんが音を上げ、知り合いに返すことになった。お父さんは手放したくなさそうだった。「お姉ちゃんの言い分も分かるけどよ。アヒル、めんこいべや」とお姉ちゃんに押し切られた無念さを滲《にじ》ませていた。とにかく、朝日の家では生き物を飼うにはお姉ちゃんのお許しが必要なのだった。

家を出た。だれとも遊ぶ約束はしていなかったのだが、出てみた。たて笛を吹きながら、まずは公園に向かった。

入船公園は朝日の家から歩いて五分もかからないところにある。短い急斜面をふたつおりると、右にグラウンド、左にテニスコートが出現し、真っすぐ進めば、各種遊具の揃った公園に出る。

大人の草野球の試合や少年野球大会ができる広々としたグラウンドでは、普段着で三角ベースをやっている二組と、自転車を乗り回している数人がいた。どれも朝日の仲よしではなかった。公園のほうにはいたのだが、彼らは朝日の友だちの弟連中だった。小一を頭に、下は五歳のひとまとまりで、小一が「ひらがなでむずかしいのは『ゆ』だから」と砂場に「ゆ」を書き、年下たちに威張っていた。

そんななかに入る気はなかったので、朝日は「おう」と軽く手を振り、通り過ぎた。背中に視線を感じたので、プリン山にのぼってみせた。プリン山は入船公園のまんなかにある遊具である。プリンのかたちをしている。片側にランダムに埋め込まれた石を手がかりや足場としてのぼり、すべすべした片側を滑りおりる。

たて笛を持っていた朝日は片手だけでプリン山を素早くのぼりきり、あっという間に滑りおりた。砂場から見ているにちがいない年下たちの「さすが」という声をこころのなかで聞き、「なんもだ」とやはりこころのなかで応じ、公園をあとにした。

足が向いたのは下校途中で見た「かわいいこねこ、上げます」の貼り紙を出していた家だった。月毎のカレンダーの裏に細いペンで書かれた貼り紙を見つめながら、たて笛で「黒ネコのタンゴ」のサビを吹く。三兄弟でいちばんちいさく、なおかつ一匹だけ毛色のことなる、「器量の悪い」黒猫に名前をつけるとしたらタンゴだな、とそのようなことを考えた。

家のなかから引き戸を開けようとする音がしたので、少し慌ててその場を離れた。公園に戻り、早足で突っ切って、たまに友だちと「グスベリ・チヨコレエト・パイナツプル」をやる石段をのぼった。大きな柏の木の大きな葉っぱが両端でゆさゆさ揺れるちょっと暗い細道を歩き、思い立って、バス通りに出た。家とは反対の緑《みどり》町のほうに下り、本屋さんでマンガを立ち読みすることにする。

朝日の目当ては『冒険王』に連載している「ドタマジン太」だった。坊主頭で、太いつながり眉のジン太が毎回ことなる職業につくギャグマンガである。同じクラスに『冒険王』を取っているヤツがいて、そいつに貸してもらって知った。それから毎月、借りて読んでいる。借りてばかりではなんとなく肩身が狭く、お返しに『小学四年生』を貸そうかと持ちかけたのだが、そいつはそれも取っていて、「いらない」と言った。

「ドタマジン太」は何度読んでもおもしろく、いくつ読んでも読み足りない。だから、本屋さんに置いてある『冒険王』に載っているのが、すでに朝日が同級生から借りて読んでいたものだったとしても、いっこうにかまわなかった。このあいだコミックスが出たので、今月のお小遣いで買おうと思っている。

コミックスの値段は二百四十円だった。朝日のお小遣いは月に四百円なので、百六十円もあまる。チョコボールを五個買っても十円あまる計算だ。その十円を使わずにおくと、来月の収入は四百十円になり、チョコボールが十三個買え、二十円あまり、その二十円をまたまた使わずにおくと、再来月はチョコボールを十四個買える。

頭をフル回転させ、割り算をしていたら、アリマ電器店にさしかかった。店の前に駐めてある軽トラを見、看板を見上げる。軽トラにも看板にも、特約しているメーカー名が記されていた。と、店から怒声が聞こえた。

「うっせぇ、うっせぇ、うっせぇ」

同時にガラス戸が開き、真っ赤な顔をしたカズ坊さんが出てきた。つづけて、

「ちょっと、カズ、ちょっと」

とサンダルをつっかけながら、トトトッと太ったおばさんが出てきて、開けっぱなしのガラス戸に手をあてるかあてないかのところで、

「ほっとけ!」

とアリマさんの野太い声が奥から聞こえた。

朝日の肩がびくりと震えた。アリマさんがあんなに怖い声を出せるとは知らなかった。

おばさんは口をへの字にし、なにか言いたげに奥のアリマさんの方を振り向いたあと、駅方向に猛然と歩いて行くカズ坊さんの背中を目で追い、頰にぴったりくっついているカールした耳ぎわの髪を触ったあと、フーッと息を吐いた。

それをしおに、立ち止まっていた朝日は歩を進めた。「……どうも」というふうに店の入り口に立つおばさんに頭を下げ、視線も下げたままピープープーと適当にたて笛を吹きながら、アリマ電器店の前を通り過ぎた。その姿勢で歩きつづけたものだか

ら、本屋さんを行き過ぎてしまった。ハッとし、踵《きびす》を返したら、背中に大声が当たった。

「コソコソついてくるんじゃねえよ」

カズ坊さんだった。かなりのスピードで駅に向かって歩いていたはずなのに、すぐ近くにいる。腕を組み、肩幅に足を開き、おもしろそうに朝日を睨《にら》み付けていた。

「ついてってねえよ」

阪急《はんきゅう》ブレーブスの野球帽のつばをちょいとしごいてから、朝日は顔の向きで本屋さんをさした。

「なら、通り過ぎてんじゃねえよ」

カズ坊さんは本屋さんを顎でしゃくった。

「なんもウッカリしただけだ」

朝日が返したら、カズ坊さんの表情がゆるんだ。

「ひまか？」と訊ね、朝日が答えないうちに「カレー喰《く》うか？」と重ねて訊き、駅方向に歩き始める。

「晩ごはんの前にお腹いっぱいにしたら、お姉ちゃんに怒られる」

肩を揺らし、がに股気味に歩くカズ坊さんの後ろすがたに、朝日は言った。

「なに言ってんだよ、育ち盛りのくせによ」

カズ坊さんが振り向き、口の片方を上げて薄く笑った。後ろ歩きをしながら、

「おれが朝日くらいのときには、まずカレー喰って、それからめし喰って、またカレー喰ったもんだわ」

とひどく滑らかな口調で自慢し、

「夕日に怒られたからってなんだってんだよ」

とお姉ちゃんの名を口にし、両手を伸ばして「ブーン」と擬音をつけながら飛行機が旋回するときのようにからだの左半分をぐっと下げ、斜めにした。飛行機になったまま、蛇行しつつ歩く。

「したけど」とか「でも」とか否定の言葉を並べながらも、朝日はカズ坊さんのあとにつづいた。朝日はカレーが好きだった。どのくらい好きかというと、習字の時間に墨をするとき、硯《すずり》の海と丘をカレールーとごはんに見立て、唾《つば》を飲み込むくらいだった。

カズ坊さんが、ふと、飛行機をよした。

「ちょっと待ってろ」

と言い残し、パーマ屋さんの横の脇道に入る。どこかの家に呼び鈴も鳴らさずに入

り、ものの二、三分で出てきた。「うん、うん」とその家のひとに面倒げに応じ、「したら」と手を振り、朝日の元に戻った。開けたドアに隠れていたので、朝日からは、その家のひとは見えなかった。カズ坊さんがお札らしきものをジーパンのポケットにねじ込むのは見えた。

「ばーちゃん家」

親指でその家をさし、カズ坊さんが口の片方を上げた。クイッと音が聞こえるようだった。朝日の胸のうちでお姉ちゃんの言葉が再生された。

「カズ坊はだめだわ。からっぽやみだわ、へなまずるいわ、いいふりこきだわで、まーかちゃっぺないものね」

怠け者で、ずるくて、見栄坊で、非常に薄っぺらい人間である、というのがお姉ちゃんのカズ坊さん評なのである。お姉ちゃんとカズ坊さんは同い年の二十歳だった。家は近いが、校区はちがうので別々の小学校、中学校に通った。高校もべつだったのだが、カズ坊さんの「かちゃっぺなさ」はよーく知っているようだった。

「けっこううまいんだ」

カズ坊さんは立ち止まり、振り向き、ちいさな店に向けて親指を反らした。その店の壁は真っ白で、三角屋根は真緑で、正面上部に張り付けた真っ黄色の看板には真っ赤な英字で店名らしきものが書いてあった。食べもの屋さんらしいのだが、朝日がたまに連れて行ってもらうどの店とも見た目がちがっていた。

朝日一家が外食するとしたら、大国屋《だいこくや》のレストランか、「なると」か、「あまとう」か、「桂苑《けいえん》」か、名前は知らないが稲穂町《いなほ》のお寿司屋《すしや》さんだった。それらの店は、だれが入ってきてもいいよ、という雰囲気を醸《かも》し出していて、実際、なかに入ってみると、大人もこどもも赤ちゃんもお年寄りもいて、だいたいみんな、ほかほかとした顔をして飲み食いしていた。けれども、カズ坊さんが朝日を連れて行こうとしている店は、カズ坊さんくらいの歳《とし》で、なおかつ、カズ坊さん程度によたっているひとたちしか受け入れないような気がした。

(あおはる)

朝日は胸のうちでつぶやいた。前に床屋さんでパラパラめくった大人のマンガ雑誌で知った言葉である。女のひとが男のひとと草むらから出てきて「ああ、青春だわ!」と空を見上げるコマが胸をよぎったのだった。真っ白い壁のこの店は、あおはるのひと専用だと思う。

「こどもでもいいのか?」

カズ坊さんに訊いた。カズ坊さんは「あん」と軽くうなずき、「おれの顔で」と片手をあげ、「オッス」の身振りをした。

「ならいいけど」

野球帽をかぶり直し、朝日はバス通りの向かい側に目をやった。科学館がある。銀色のドーム型の屋根が日光を受け、ロボット的な――金属的な――きらめきを放っていた。

朝日はたて笛の吹き口を唇にあてた。「朝」を吹き始める。「ペール・ギュント」第一組曲第一曲「朝」だ。耳で覚えた旋律をなぞっただけのものではあるが、「ペール・ギュント」第一組曲第一曲「朝」。

科学館にあるプラネタリウムで流れる曲だった。

プラネタリウムでは、「子供の情景」作品十五第七曲「トロイメライ」を聴いているうちに日が暮れて、あたりが真っ暗闇《くらやみ》になる。半球状の天井も夜空になり、大小さまざまの星がブワッとあらわれ、夜空に穴を開けたようになる。そしたら星座の話が始まる。星と星を繋《つな》ぐと蟹《かに》になったり、弓を構えるひとになると想像した遠い昔のひとびとや、それらを道しるべにして歩きつづけた旅人の話が聞こえてくる。朝日は首を上げたまま「ははー」とか「おおっ」とか「えー？」とこころのなかで、感嘆したり、驚いたり、星座の由来をどうしても納得できなかったりしながら、結局は、ワクワクと胸を躍らせているのだが、「ペール・ギュント」第一組曲第一曲「朝」が聴こえてきて、空が白み、星が消えると、すうっと静かなきもちになる。

しばしほっつき歩いていたどこかちがうところから戻ってきたようだった。戻ってきたのは、現実のこの世界で、そうして、この世界は、日の出とともに、毎日、毎日、新しい一日が始まる。太陽はいつも朝にのぼり、その光でこの世界を照らす。朝はいつも新しい。

「だから、おれ、朝日なんだわ」

たて笛を口から離した。

「ちょうど朝、産まれたし」

そうつづけたら、「ハァ?」とカズ坊さんがインコみたいに首をかしげ、素《す》っ頓狂《とんきょう》な声を出した。

「なに言ってんの、おまえ」

にやけつつ、奥の席に朝日を誘った。どっかりと腰をおろし、足を組み、カウンターでナプキンをたたんでいるウエイトレスさんに「カレー、ふたつ」と指を二本立てた。

「あと、ホットとレスカ」

追加で注文し、「レスカでいいよな？」と朝日に訊き、朝日がなにか言う前に「レモンスカッシュだよ、レモンスカッシュ」とソファにふんぞり返り、背もたれに両肘《りょうひじ》をかけた。

朝日は膝においたたて笛の音の出る穴を指の腹でなぞった。

プラネタリウムに行きたくてたまらなかった。

お母さんが大好きだったプラネタリウムだ。

こどもだったお姉ちゃんをよく連れて行ったらしい。

「夜になっていくときにかかる曲、いいよね。夕方のさ、きもちのいい風に吹かれてる感じするよね。その風にはさ、どこかん家の晩ごはんのにおいがついていて、自分ん家に帰ると、やっぱり晩ごはんのにおいがしてさ、でも、自分ん家の晩ごはんのにおいは、よそん家とはちがってて、なんかこう特別なわけさ。ほっとするんだよね。玄関にはダイダイ色の灯《あか》りがついてたりなんかしてね、で、『ただいま』って玄関を開けると、お母さんが『おかえり、ごはんができてるよ』って言うんだよね」

プラネタリウムからの帰り道、お母さんはお姉ちゃんにそう言ったそうだ。

「もうすぐ産まれそうな夕日がお腹《なか》のなかにいて、晩ごはんの支度《したく》をしてたとき、うん、お豆腐を手の上で切っていたときなんだけど、ふっと、台所の窓から入ってきた夕日がすごくきれいだってことに初めて気がついたような気がしたんだ。そしたら、お腹が痛くなって、『あ、産まれる』って思ったんだわ。だから、夕日って名前にしたんだよ」

それからお母さんはこう言ったらしい。

「プラネタリウムのさ、朝になるときにかかる曲もいいよね。夕日の弟か妹が、もし、朝に産まれたら、朝日って名前にしたいなあ。朝はいつも新しいっしょ。毎日、おニューの一日が始まるのは朝のおかげだもんね」

朝日はたて笛に目を落とし、おれは、どこかん家の晩ごはんのにおいはかいだことがあるけれど、自分ん家に帰ってきたときに晩ごはんのにおいがしていたことはまずない、と思った。お母さんに「おかえり、ごはんができてるよ」と言われたこともない。お母さんとプラネタリウムに行ったこともないし、お母さんから直接、名付けの由来を聞いたこともない。ぜんぶ、お姉ちゃんからの又《また》聞《ぎ》きだった。

しっかり者のお姉ちゃんはプラネタリウムの朝と夕方のシーンに流れる曲の正式名を調べ、いちいち「子供の情景」作品十五第七曲「トロイメライ」、「ペール・ギュント」第一組曲第一曲「朝」と言うので、せっかくのお母さんの思い出話が、「勉強しなさい」というふうなムードに引っぱられ、朝日はときどき耳をふさぎたくなる。

ほんとうは、もっと、もっと、聞きたい。もっと、もっと、もっと、お母さんのことを知りたい。だから、朝日はたまにだけど無性にプラネタリウムに行きたくなる。

あそこに行って、半球状の天井を眺めていると、お母さんに近づくような気がする。でも、まだこどもだから、ひとりでは行けない。入館料十円、プラネタリウム料十円は工面できても、ひとりで行くことはできない。行けないことはないけれど、見つかったら、きっと、怒られる。


「愛は、ア、ア、不死鳥」

鼻歌が聞こえてきた。布施明《ふせあきら》の新曲だ。カズ坊さんがわりとハッキリ歌っていた。

そこへウエイトレスさんが水とホットとレスカを運んでくる。

「お。サンキュー、分かってんね」

カズ坊さんが鼻歌をやめ、首を突き出すようにしてうなずいた。

「飲みもん、いっつも食前だから」

ウエイトレスさんはお盆を胸に抱え、「そしてホットはブラック」と長い睫毛《まつげ》をパチパチさせて、まばたきをした。肩につくかつかないかの茶色く染めた髪は毛先が外側にはねていて、サイボーグ003の髪形に少し似ている。

「あ、おれ、今度、東京行くさ」

カズ坊さんがもののついでのようにウエイトレスさんに告げた。「万博？」と訊くウエイトレスさんを「あれは大阪」とたしなめたあと、「時間があったら寄るかもしれないナァ。時間があったらだけど」と横分けにした長めの前髪を撫でつけた。

「なに？　用事？」

桃色の唇を尖らせるようにして訊ねるウエイトレスさんに、「ま、そんなとこ」と言葉を濁した。「ふうーん」と言いながらもウエイトレスさんはあっさり踵を返し、カウンターに戻った。

カズ坊さんは、若草色の薄い生地のパンタロンを穿《は》いたウエイトレスさんの後ろすがたを見つめていたが、そんな自分を見つめる朝日の視線に気づいたらしく、ちょっと慌てて朝日に目を戻し、コーヒーカップを持ち上げ、ふーっ、ふーっと息を吹きかけた。一口、飲み、小声で告げた。

「おれ、テレビ出るんだわ」

朝日はストローに近づけていた口を離した。呆然《ぼうぜん》としていた。いままで生きてきて、もっとも驚いた瞬間だったかもしれない。知っているひとがテレビに出るなんて。

カズ坊さんが小鼻をぴくつかせて、にやついた。朝日の反応に満足したようだ。

「そっくり歌まね大会」

カウンターを横目で見て、大きめの声を出した。「えっ」とウエイトレスさんが振り向く。それをたしかめてから、カズ坊さんは悠然とカップを持ち上げ、コーヒーをすすった。カップを受け皿に戻し、足を組み、上になったほうの膝を抱えて、朝日に訊ねる。

「おれ、だれかに似てると思わないかい？」

朝日はレスカをチーッと吸い上げた。カズ坊さんの顔について、ちゃんと考えたことがなかった。お父さんとお姉ちゃんから「カズ坊は、いったい、だれに似たんだ」という言葉は何度か聞いた。その後、お父さんは「アリマさんは夫婦揃って真面目なのになあ」と首をかしげ、お姉ちゃんは「カズ坊はだめだわ」と切って捨てるのだが、ふたりの言わんとするところは、カズ坊さんの顔のことではなさそうだ。

でも、そんなことより、朝日の胸を占めていたのは、なんといってもカズ坊さんのテレビ出演だった。たったいま思い出したのだが、朝日の知り合いでテレビに出たひとはいた。島田さんだ。スキーの「距離」の選手として、チラッと画面に登場した。

でもそれは「映った」だけだ。「出た」のではない。

「ヒント。愛は、ア、ア、不死鳥」

カズ坊さんが歌い始めた。首を振ったので、横分けにした長い前髪がハラリと額にかかる。ウエイトレスさんが声を上げた。

「布施明？」

「正解」とカズ坊さんはウエイトレスさんを指さした。「言われてみると似てるわ」と言われ、「言われてみるとかい」と機嫌よくズッコケてみせた。

「すげえ」

朝日の背筋がぐんと伸びた。カズ坊さんは布施明のそっくりさんとしてテレビで歌を歌うらしい。チラッと映っただけの島田さんとはわけがちがう。ほんとうのテレビ出演だ。

「な、すごいよな？」

カズ坊さんが今度は朝日を指さす。深くうなずき、「すごいことなんだよ」と落ち着いた声でつぶやいた。と思ったら、「それがよぅ」と声を張り上げた。勢いをつけ、ソファの背にもたれかかる。肩を怒らせ、両手をソファの座面におき、ガッと股をひらき、捲《まく》し立てた。

「この期《ご》に及んでうちのハゲとデブが許さないって言うんだよ。そんな浮ついた真似はさせないって急に激怒さ。怒るならもっと前に怒れっつぅんだよ。出演が決まったときには大はしゃぎで親戚に触れ回ったくせによ。デブなんて『しっかしカズ坊の男っぷりのよさはだれに似たんだろうねえ』ってにこにこしてさ。するとハゲが『おれか？』って滅多《めった》に言わない冗談を言って、家族で腹抱えて笑ったりしたんだわ。さらにデブが調子に乗って『思い出した、うちのおじいちゃんだわ。おじいちゃんもバタくさい顔してた』って言い出して、したらハゲが『そういや来年じいちゃんの七回忌だな』って話がすっかりずれてまた大笑いという、まーお祭り騒ぎだったわけさ。それがおまえ、急転直下よ。『テレビ出るなら家を出てけ』とまで言っちゃってさ。こっちだって都合があるっつぅの。いまさらテレビ局に出演できませんなんて言えると思うか？　おれが応募して、選ばれて、連絡がきて、『ありがとうございます』って出演をオッケーして、本番は再来週だ。どのツラさげて断ればいいんだって話よ。迷惑かけるだろうよ、向こうによ」

朝日はストローに指を添えたまま、黙って聞いていた。唾を飛ばしてぶちまけているうちに興奮していったカズ坊さんの顔は、見る間に紅潮し、表情も険しくなった。真剣に怒ったときのお父さんとはちがう種類の怖さを感じる。カズ坊さんの発する荒々しさは、若いけものというふうで、朝日の知らないものだった。だから、カズ坊さんの言う「ハゲ」と「デブ」がアリマ電器店のご主人とその奥さんなのかという確認ができなかった。

「理不尽だよね」

ウエイトレスさんがカレーを運んできた。ごはんの載った皿と、ルーの入っているランプみたいなかたちのものを、ひとつずつ、朝日とカズ坊さんの前におく。銀色のお盆を脇に抱え、空いた手を腰にあて、かぶりを振った。

「親ってさ、親ってだけで、ワケの分からないこと言って、こっちの自由を束縛しようとするよね」

「そうなんだよ。おれの自由を束縛しようとするんだよ」

カズ坊さんがお尻を半回転し、横に立つウエイトレスさんにからだを向けた。

「あいつら、分かってないんだよ。おれには、あんなちっぽけな電器屋で一生を終わらせるつもりなんてサラサラないってことに気づいてないんだよ。この若さで親の手伝いをさせられるおれのきもちなんて知ろうともしないのさ。店を継ぐための修業だとかなんとかいって、給料なんてコドモの小遣い程度だしな。言っとくけど、おれ、店継ぐ気ないワケ。電気とかそのへん、もともと苦手だし。たいしてカネは使わないくせに、注文ばかしつけてくる客にへーコラなんかしたくもねぇし。手っ取り早く言うと、向いてないワケ」

「あー。うん」

ウエイトレスさんの相槌にはそんなに力がこもっていなかった。そればかりか、ちょっと口元がゆるんでいた。

「でも、そこは、親の世話になるしかないんじゃないの？　あんた、ふたつかみっつ勤め先クビになったんだよね」

「こっちから見切りをつけたんだけどな」

カズ坊さんはまたお尻を半回転させた。さっきとは逆の方向で、ゆえに朝日と正対する恰好になった。ソファの背に両肘をかけ、顔だけ窓に向けて、口をひらく。

「だからこそ、じゃないけど、テレビに出るのはビッグチャンスでさ。スカウトがくるかもしれないワケよ。たとえばＭＧ５のコマーシャル。おれ、一応、布施明のそっくりさんだけど、団次郎《だんじろう》の雰囲気もあるっていうか、要するにＭＧ５の系統だと思うワケ。何度も言うけど、テレビに出るのは最初で最後のビッグチャンスで、正直、おれ、これに賭けてるんだわ。家の手伝いなんかしてるヒマ、どこにあるっつぅの。と言ったら、ハゲとデブが泣くわ怒るわの大騒ぎよ」

朝日はごはんにカレールーをかけ終え、スプーンを握っていた。「いただきます」と言ったのだが、カズ坊さんは聞こえていないようだった。

朝日がカレーを食べようとしたのは、カレーライスが大好きというのももちろんあるけれど、カズ坊さんに感じた怖さが徐々に薄れたというのが大きい。だからといって、完全に消えたわけではなかった。怖いことは怖かった。動物園でライオンを見たときの怖さに似ていた。ライオンは牙《きば》をむき、吠《ほ》える真似をするだけで迫力がある。檻《おり》があるにもかかわらず「うわっ」と身を引いてしまう。でも、しばらく見ていると慣れてくる。ただし油断は禁物だ。飼育されているとはいえ、百獣の王。本領を発揮したら、鋭い牙と顎の力で檻をねじ曲げ、飛び出て、朝日をひとのみにしてしまうかもしれない。

「いただきます」

カレーライスをスプーンですくい、カズ坊さんにもう一度言った。「おう」とカズ坊さんが顎をしゃくったのをきっかけに、口に運ぶ。辛い。でも美味しいような気がする。もう少し食べないと答えが出ない、と思っていたら、カズ坊さんがしゃべり出した。

「ハゲはおれがなんにもできない半人前だと思ってんだよ。いままでも、そしてこれからも、一生一人前になれない半端者だって決めつけてんだよ。自分だってたいしたもんじゃないのによ。稼ぎにしろ、修理の腕にしろ、中途半端。ちょっと難しいやつはメーカー任せだし、売り上げがよくて表彰されたこともないし。なのにもうなんか威張っちゃってさ、おれにあれこれ教え込もうとして。そういうの、おれ、いっちばんカッコ悪いと思うワケ」

「えっ」

朝日のスプーンを動かす手が止まった。それまでのカズ坊さんの話は、猛《たけ》り立つようすに気をとられるあまり、内容がよく入ってこなかった。でも、いま、カズ坊さんの言ったことはちゃんと耳に入り、そして、思った。

アリマさんはカッコ悪くなんかない。絶対にだ。このあいだのアリマさんは最高にカッコよかった。買ったばかりのテレビをあっという間に直してくれた。スプーンを握る手でこぶしをつくった。スプーンが直立する。

「カッコいいって！」

カズ坊さんは噴き出し、「なんだその見幕」と足を持ち上げ、自転車を漕ぐようにした。両手で目を吊り上げ、ひょっとこみたいに口を尖らせる。朝日の顔を模しているらしい。

「おまえ、あれだろ。学校で『お父さんは家族のために一生懸命働いています。感謝しましょう』みたいなこと吹き込まれてんだろ。一理あるけどさ、客観性も大事なワケ。おれだってハゲには一通り感謝してるよ。でも、おれクラスになると、ハゲのたいしたことなさが見えちゃうんだよなー」

おまえにはまだ分かんないだろうけど、と鼻を鳴らした。

「そうでなくて」

朝日はスプーンを握ったこぶしでテーブルを叩いた。

「そうでなくてよ！」

叩きながら繰り返した。

ついこのあいだの出来事だった。アリマさんは電話一本で駆け付けて、あっという間にテレビ画面から虹を消した。しかも！

「お姉ちゃんがお礼言って、お代を訊いたら、こうして」

手のひらを見せ、二、三度うなずき、

「いらないって。『テレビ直ってよかったね』っていうふうに、おれらにニコッてしただけさ。直したの自分なのに、いつの間にか直っちゃったみたいなこと言って。『でも』とか『いいんですか』とか言うお姉ちゃんに、こうして」

と鳩みたいに首を前後に動かし、

「こうして」

とバイバイするときのように手を振って、

「『じゃ、また。なんかあったら』って、こうして」

と何度も頭を下げて、

「帰ってったんだわ」

と、どうだ、というように胸を張った。

「……で？」

一拍おいて、カズ坊さんは首を突き出し、顔を朝日に近づけた。

「それくらいできるべや、電器屋なんだから」

できなきゃおかしいって、と勢いをつけてふんぞり返る。口をへの字にしている。

「でも、すごいっしょ。おれもお姉ちゃんも富樫くんもできなかったんだから。それを直してくれたんだから」

朝日はスプーンをごはんにめり込ませ、腕を組んだ。

「それがハゲの商売だって言ってるだろうが」

カズ坊さんは横を向き、ケッというふうに短く息を吐き出した。思いついたように

「だからだめなんだよなー」とかぶりを振る。

「商売なんだからカネはとらないと。テレビを直した技術の対価を要求するのは当然なワケ。ちびっこに『すごい』とか『カッコいい』とかチヤホヤされて、いい気になってもなんもならないっしょ」

「アリマさんはいい気になってねえよ！」

朝日は坊ちゃん刈りの頭を掻きむしった。

「だから、おれもお姉ちゃんも富樫くんも、アリマさんに『ありがとうございます』って、ほんっとに、コッコロから言ったのさ。その前にお姉ちゃんに言った『ごめんなさい』も、ほんっとに、コッコロからだったけど、それよりもっと、コッコロからだったさ。だから、だから、アリマさんはすごいんだって。なまらカッコいいんだって。富樫くんもおれもアリマさんみたいになりたいって思ったんだって」

朝日の声は少し鼻にかかっていて、そして割れていた。胸のなかに大きな熱いかたまりがあって、それが朝日の喉《のど》や鼻を圧迫するのだった。目の奥も圧《お》されていて、涙が出そうだった。どう言えば、分かってもらえるのだろう。どう言えば、自分のきもちをカズ坊さんに伝えることができるのだろう。

あのとき、アリマさんは英雄だった。朝日と富樫くんの窮地を救った。英雄のわりには颯爽《さっそう》としていなかったし、堂々ともしていなかった。お父さんがときどき言っているように「腰の低いアリマさん」のままだった。でも、だからこそ、朝日はあのときのアリマさんを本物の英雄だと思った。あんなにすごいことをしても恥ずかしそうにしていたアリマさんは、断固として、英雄である。カッコいいのである。

あの日、富樫くんは朝日の家で晩ごはんを食べた。晩ごはんに誘ったとき、富樫くんは食べたそうだったけれど、「お母さんが心配するから」といったんは断った。そこでお姉ちゃんが寮に電話をかけて、富樫くんのお母さんの了解をえることにした。富樫くんのお母さんは恐縮しながらも喜んでいたそうだ。それを聞いた富樫くんも喜び、そこに朝日のお父さんが帰ってきて、お姉ちゃんが晩ごはんの仕度をするあいだ、ふたりは代わる代わる「テレビに虹が出た事件」の顚末《てんまつ》を話した。

晩ごはんができて、朝日と富樫くんはお姉ちゃんに言いつけられておかずや味噌汁《みそしる》やごはん茶碗を食卓に運んだ。おかずは豚肉の味噌炒めとビーフンサラダだった。富樫くんはモリモリ食べて、ごはんをお代わりして、「ぼく、アリマさんみたいなひとになりたい」と言った。だいぶ思い切って口にした、という感じだった。テレビを直すアリマさんを見たときからそう思っていたのだろう。「おれも」と朝日も賛同した。「おれもアリマさんみたいになりたい」。そしたらお父さんがいかにも気分よさそうにンッフッフッと低く笑って、「ふたりともがんばれや」と言ったのだった。

それがなぜ、カズ坊さんは分からないのだろう。なぜ、伝わらないのだろう。足を踏みならし、手を振り回し、だあっと叫びたいきもちだ。

「わーった、わーった」

カズ坊さんは朝日を払いのける手振りをした。

「そういうことにしておきますか」

横を向いたままフフッ、と笑い、長めの前髪を掻き上げた。視線をやや上げ、顎に手をあて、洟をすすったあと、「愛は、ア、ア、不死鳥」と小声で歌った。

「いい気になってんのは、カズ坊さんでないか」

朝日は猛然とカレーを食べ始めた。ひとさじ口に入れるたび、「からっぽやみだわ、へなまずるいわ、いいふりこきだわで、まーかちゃっぺないものね」とお姉ちゃんによるカズ坊さん評をとてもちいさな声でつぶやいた。

「おまえ、いま、なんてった？」

あ？　とカズ坊さんが上半身をやや倒し、膝に肘をのせた。両の眉を段違いに上げ、凄《すご》んでみせる。

「なんも言ってねえよ」

朝日はスプーンを持ったまま、もう一方の手で厚手のTシャツの襟ぐりを引っ張り、風を入れた。カズ坊さんをちらと見る。依然として、少し怖かった。カズ坊さんの全身から若い男の荒々しさが発散されていた。だが、不思議なことに、猛り立って檻から飛び出るライオンの絵は思い浮かばなかった。

「ばっちし聞こえたんだけど」

よく言うわ、とカズ坊さんは朝日をじっと見た。

「ひとのカネでカレー喰わせてもらってんのに、言いたい放題じゃねえか」

と言ったら、表情が止まった。目玉だけがちらちら動いている。

ぷうっと頬をふくらまし、口をすぼめて空気を抜いたと思ったら、ニヤニヤ笑いを張り付かせ、「まーおれのカネじゃないけどな」とひと差し指でこめかみを掻き、「ばーちゃんのカネだし」とスプーンを持った。

「さっさと喰えよ」

育ち盛りだろ、と朝日を促す。朝日同様、忙《せわ》しくカレーを口に掻き入れ、「だからこその一発逆転なワケ。一発逆転を狙う権利がこんなおれにもあるワケ」としきりにうなずいた。

第三章　あの子

ダッ、ダッ、ダッ、ダッ。

朝日はバス通りを歩いている。憤然とした足取りである。進行方向に頭突きをくらわすような前傾姿勢で、たて笛を吹いている。頰をふくらませ、力いっぱい甲高い音を鳴らしながら、松ヶ枝町《まつがえ》に向かっている。床屋さんに行くのである。溝口《みぞぐち》理容室である。横断歩道をわたればすぐそこだ。

信号が青に変わるのを待った。たて笛を口から離し、腕組みをする。真一文字に結んだ口で、野良犬みたいに低く唸った。眉間には皺が寄っていて、いかにも不満という表情。

土曜日だった。朝日はお昼に学校から帰り、かき餅を食べながら「デン助劇場」を観た。デン助人形の真似をして首を振りながらテレビを消し、ポータブルレコードプレイヤーで「マッハＧｏＧｏＧｏ」のソノシートをかけた。一緒に歌いながら何度か聴いたあとは、懐かしの「鉄腕《てつわん》アトム」だった。もうテレビではやっていないけれど、朝日は、このソノシートが気に入っていて、たまに聴きたくなるのだった。特に二番目に入っている「ウランちゃんとお茶の水博士《はかせ》」だ。

お花畑を歩くような軽快なメロディのあと、ウランちゃんが登場し、「あたしの名前はウランちゃん。すごーくかわいいの。みんな、仲よしになってね」とすごーくかわいい声で言うところも好きだが、いちばん好きなのは、アトムが出てきて、「みなさんのなかにもウランみたいな妹を持っているかたがいらっしゃるでしょう？　ウランはわがままばっかり言ってぼくを困らすんですよ」と呼びかけると、ウランちゃんが「いやーん、アトム兄ちゃんたら」と拗《す》ねるところだった。

ここを聞くと、朝日はいつも身をよじりたくなる。ウランちゃんみたいな妹がほしくなる。そしてアトムのように「まったく手がかかるやつだ」というふうに呆《あき》れてみせ、「いやーん、朝日兄ちゃんたら」と甘え声で文句を言われたい。

たて笛で冒頭の軽快なメロディを吹いていたら、お姉ちゃんが帰ってきた。すぐに卵とカマボコの入ったうどんをつくってくれ、遅い昼食になった。

土曜の昼食の後片付けは朝日の仕事だ。だから、うどんは助かった。洗い物が少なくて済む。仕事を終えたら、お姉ちゃんが言った。

「溝口さんに行っといで」

「まだいいべや」

「あんた、誕生日のときもそんなこと言って行かなかったっしょ。前髪が目にかかってて、うるさいよ。目が悪くなるよ」

耳にも、ほれ、と朝日の横の髪の毛を触った。朝日のそこの髪の毛はたしかに耳にかぶさりかけていた。朝日がめんどくさそうにかぶりを振って、お姉ちゃんの手を払いのけたら、お姉ちゃんの頬がちょっとゆるんだ。床屋賃を財布から出す。

「溝口さんから帰ってきたら、おばあちゃん家に行くから。泊まるから」

床屋賃を受け取り、朝日は、「おっ」という顔つきになった。

手宮《てみや》のおばあちゃん家にはたまにあそびに行く。何回かに一回は泊まる。お父さんと三人で行くこともあるし、夜、お父さんが合流することもある。

朝日がおばあちゃん家に行くのが好きなのは、一におばあちゃんが大歓迎してくれるからだった。

ひとり暮らしのおばあちゃんはだいぶ歳をとっていて、ちいさくて、太っていて、つねに着物を着ている。お正月に女のひとが着るような華やかな着物ではなく、時代劇で農民が着ているような、くすんだ色合いの着物だ。

横のほうが広い顔をいっぱいにほころばせ、「おお、朝日、きたか」と声をかけられると、朝日も満面の笑みでもって「おばあちゃん、おれ、きたよ」と大声で応える。

二は、おばあちゃんがお小遣いをくれること。確証はないのだが、泊まったときのほうがたくさんもらえるような気がする。

おばあちゃんは朝日を近所の商店に連れて行き、好きなお菓子を買ってくれたりもするので、おばあちゃん家に行くと、少なくとも十個はチョコボールを入手できる。今度こそ金のエンゼルが出そうな予感がする。五個集めなければおもちゃのカンヅメと交換できないが、銀のエンゼルでもいい。朝日はエンゼルを見たことがなかった。

「あと、これ」

お姉ちゃんは磁石を差し出した。

「いいのか？」

朝日は床屋賃をズボンのポケットに入れ、訊いた。

誕生日プレゼントの磁石だった。もらった翌日にテレビに虹を出してしまったやつ。直った直後はそんなに怒られず、富樫くんも交え、和気あいあいと晩ごはんを食べた。お父さんが富樫くんを家まで送りに行ったらお姉ちゃんの小言が始まり、お父さんが帰ってきたころには懲らしめのため磁石を没収されたのだった。

「二度とテレビに近づけないこと」

分かった？　とお姉ちゃんは「真剣な面持ち」をつくった。お父さんとはちがうタイプの「堅苦しい威厳」も醸し出した。

「おう」

磁石を受け取った朝日の返事はぞんざいだった。その上、口元もゆるんでいた。磁石が戻った喜びで思わずそうなったのではない。もちろん、それもあったが、今日のお姉ちゃんなら、くだけた調子でも大丈夫と察知したのだった。

普段のお姉ちゃんだったら、朝日が真面目な顔つきで「はい」と返事をするまで、磁石をわたさない。注意事項もひとつきりではないはずだ。蝶《ちょう》のさなぎの抜け殻を包んだままのハンカチを洗濯に出すなとか、朝バタバタしないで前の日に時間割をたしかめておくようにとか、そういう、磁石とは関係のない注意を次から次へと並べるに決まっている。

でも、今日のお姉ちゃんは、そうしなかった。いつもと同じ態度をしているが、どことなし、柔らかい。

その証拠に、いくぶん乱暴な朝日の返事をたしなめなかった。それればかりか、美味しいものを食べたときのように目を細めた。ピンク色の口紅を塗った唇はいまにも「ふふっ」と笑いたそうだった。

「早く溝口さんに行っといで」

促す声もなんとなくやさしい。毎晩カーラーで巻く前髪をひと差し指となか指でさりげなく挟む仕草だって、いつもとひと味ちがっていた。よその家の、おっとりとした女のひとのようだ。

今日のお姉ちゃんは機嫌がいい。朝日はそう確信し、言うならいまだと思った。

「猫、もらってきていいか?」

と切り出し、「かわいいこねこ、上げます」の貼り紙を出していた家の場所を伝えた。

「すぐ近くだ」

と、仔猫を抱っこして連れて帰る身振りをし、

「こないだ行ったときは三匹いたけど、昨日行ったら、もう一匹しか残ってなかったんだわ」

と、早くしないとだれかにもらわれてしまうおそれを訴え、

「黒いやつ。まんまるこい目して、みーっ、みーって」

と、鳴き声を真似、

「撫でたら、ゴロゴロゴロ喉鳴らして、おれの指にじゃれて」

なまらかわいいんだわ、と一気に言った。

「……撫でた、って」

お姉ちゃんの雰囲気がすみやかに「普段」に戻った。

「あんた、そこん家に二度も行ったの？」

驚くほどの無表情で訊ねる。朝日がうなずくかうなずかないうちに、

「まさか調子いいこと言ってきたんじゃないでしょうね」

とドスをきかせた。声にも、目つきにも、凄みがあった。

「おれがもらいます、とかなんとか」

そう冷たい声でつづけ、朝日を睨んだ。

「なんもだ」

一応否定したあと、朝日はうなだれた。「おれん家で飼えるかもしれない」というようなことを言い、「かわいいこねこ、上げます」の貼り紙を剝《は》がしてもらったことをお姉ちゃんに白状すべきかどうか、迷った。

お姉ちゃんはなんでもお見通しというふうにツンと顎を上げ、

「言ったんだね」

「絶対、だめ」

と言い放ち、「勝手に約束なんかして。まず、お父さんとあたしに聞かないと。あんたひとりで世話できるわけないいんだから」と、朝日がこれまで飼育に失敗した金魚やミドリガメ、大量に採取したカエルの卵が大量に孵化、変態し往生した一件などを「あのときも、ほれ、あのときも」と捲し立てた。

すべてお父さん主導なのに、まるで朝日がひとりでしでかしたような言い方で、朝日は、まず、そこが非常におもしろくなかった。朝日がみずから生き物を飼いたいと願い出たのは、今回が初めてだった。いままでみたいに、ただお父さんに乗っかっていたのではない。自分が言い出したのだから、自分で仔猫の面倒をみるのは当たり前だ。もう小四だ。そのくらいは分かるし、そのくらいはできるはずだ。なのにお姉ちゃんは、ちっとも、全然、分かってなかった。仔猫と聞いただけでキーキー怒りやがった。あのやろう。


溝口理容室のドアを開けたら、床屋さんのにおいがした。

奥さんがハサミとクシを持ったまま、朝日に顔を向け、ニッコリ笑って声をかける。

「いらっしゃいませ」

よく通る、きれいな声だ。スペアミント味の風が吹いてきて、朝日のおでこにあたり、前髪がめくれた感じがする。奥さんにつづき、お客さんの髪を洗っていたご主人も朝日を振り返り、頭を下げた。

「こんにちは」

朝日は大きく口を動かした。ご主人も口を開け、表情をゆるめる。溝口理容室のご主人は耳が聞こえない。でも大きく口を動かして話せば通じるのだった。

朝日は靴を脱ぎ、スリッパに履き替え、待ち合いスペースのソファに浅く腰かけた。ちょっとお尻を浮かせて、本棚に手を伸ばす。大人向けのコミックスを選び、ソファに深く腰かけ直した。

忍者や侍が出てくるマンガだった。どのページも丁寧に書き込まれていて、紙が黒ずんで見えた。登場人物は、朝日が普段読む少年マンガに出てくる人間とはことなり、実際の人間に近づけて描いてあった。さらに、出てくる人物の形相がひとり残らず凄《すさ》まじかった。作中ではつねにのっぴきならないことが起こっているようである。

朝日の不満は、登場人物のどれがいいヤツで、どれが悪いヤツか、一目で判断しづらいところにあった。みんな悪いヤツに見えるのだ。おそらくこいつがいいヤツだ、とアタリをつけても、完全無欠の善人に見えないので困る。いいヤツなのに、お腹のなかでよからぬことを考えていそうな気がして、落ち着かない。

それでも朝日は、溝口理容室にくるたび大人向けのコミックスを手に取る。だって、ここでしか触れることができないたぐいのマンガだ。唯一の機会をぜひ活用したい。

大人向けコミックスを膝におき、ぱらぱらとページをめくる。そうしていながら、ご主人と奥さんを眺めるのが、朝日の、溝口理容室における待ち時間のつぶし方なのだった。

ご主人と奥さんはお揃いの上衣を着ている。襟が、短いトックリになっている白い上衣だ。ご主人は背が高く、がっしりしたからだつきで、奥さんはその反対。なのに、どちらも白衣がよく似合う。

朝日が見ていておもしろいと思うのは、ご主人でいえば、革のベルトのようなものでカミソリを研ぐところと、腰を落としてお客さんの髪を刈り上げていくところと、耳の上の髪の毛を触りながら、注文するお客さんの唇の動きを読み、大きくうなずくところだった。

奥さんなら、なんといってても足でペダルをキコキコ踏んだり長く踏みつづけたりして、お客さんの椅子を上げたり下げたりするところだ。奥さんは、なぜか、大きな動作でそれをおこなう。高さを調節しているというより、こどもが椅子の上げ下げあそびをしているようで、朝日としては好感が持てるのだった。

「美男美女だよね。ふたりともすっごく感じいいし」

お姉ちゃんの言葉がよみがえった。

お姉ちゃんが朝日を溝口理容室に連れて行ったのは去年の春だった。どこかでもらった開店のチラシを見て、ものはためし、と行ったのだった。お父さんと朝日が行っていた理容室のご主人が亡くなり、店をたたんでしまったので、ちょうどよかった。行ってからご主人の耳が聞こえないと知った。大きく口を動かせば伝わるし、こまかい部分は奥さんが通訳してくれるので、なんの問題もなかった。お姉ちゃんはすっかりご主人と奥さんのファンになり、朝日もたいそう気に入った。それまで通っていた理容室のご主人はこの道何十年の気難しいおじいさんで、少し怖かったのだ。溝口理容室のふたりは若く、そして張り切っていたので、店の空気が新しかった。

出がけに揉めた仔猫の一件が朝日の胸にふと浮き上がった。腹立ちも浮かんだが、そいつは、いったん、脇においた。奮然と歩きながらも、こころの底で探っていた、仔猫を飼うための作戦が、にわかにかたちを持ち始めていた。

生き物飼いたがり屋のお父さんとふたりがかりでお姉ちゃんにお願いする作戦だった。お父さんを味方につけた上で、朝日は生活態度を改め、仔猫の世話は責任をもっておこなう、と約束したら、お姉ちゃんだってだめとは言えないはずだ。

きもちが軽くなり、思わず、顔がにやけた。「美男美女だよね。ふたりともすっごく感じいいし」というお姉ちゃんの言葉を再度思い出し、「ふん、なんも知らないくせに」というようなことを胸のうちでつぶやいた。

お姉ちゃんが溝口理容室にきたのは一度きりだ。ひとりで一年以上通っている朝日のほうが、お姉ちゃんよりずっとご主人と奥さんのファンなのだ。

いつだったか、ご主人が、お客さんの注文をなかなか読み取れなかったことがあった。奥さんが通訳をしたのだが、ご主人からしてみればクドかったらしく、「うるさい！」と怒鳴った。ご主人の声は少しこもっていて、太くて、低かった。奥さんはほっぺたをふくらまし、「もう知らない！」というふうにご主人からブンと勢いをつけて顔をそむけた。

待ち合いスペースのソファに腰かけていた朝日は気が気ではなかった。きゅーっと胸が痛くなった。早く仲直りしてほしかった。このまま仲直りしなかったらどうしよう。

溝口理容室には、耳の聞こえないお客さんがわりに多い。大人もいればこどももい

る。ご主人と奥さんは、そのひとたちと指を忙《せわ》しく動かして話をする。指と同時に表

情も動く。ほがらかに笑い合ったり、嘆くようにかぶりを振り合ったりするようすを

見ると、朝日は「いいなあ」と思う。仲間外れになったさみしさもなくはないけれ

ど、あんなにいきいきと話ができていいなあ、と思うのだった。

耳の聞こえないひとが——分けてもこどもが——こんなに何人もいると知った驚き

は、割合早く消え去った。

溝口理容室には、手や足が自分の思い通りにならないこどもや、首をかしげて車椅

子にからだをあずけるこどももきた。

どのこどもにもご主人と奥さんは、朝日にたいするのと同じ態度で接した。ままな

らぬ部分についての気遣いはあったが、基本的には、朝日と同じ、いちこどもとして

相対していた。それを朝日は平等だと感じた。また、世の中にはいろんなこどもがい

るのだと知った。彼らは、朝日のすぐ近くにいた。

だから、溝口理容室のご主人と奥さんがけんかをして、一生仲直りしないのは、い

やだった。

溝口理容室のご主人と奥さんは、朝日が初めて出会ったタイプの大人だった。朝日自身、まだはっきりと気づいていなかったが、朝日がふたりに抱く慕《した》わしさには尊敬とあこがれがふくまれていた。朝日の周りのほとんどの大人の、ままならぬ部分を持つひとたちへの感想は大雑把《おおざっぱ》に分けると、「かわいそう」か「えらい」のふたつだ。ままならぬ部分を持っているひとがなにをしても、そのふたつが元になった印象が生まれるような感じがする。溝口理容室のご主人と奥さんは、きっと、そうではない。そのひとたちのそのままを受け取っていると思える。自分たちもそのまんまでお客さんと接しているように見える。そんなふたりが仲違《たが》いして、万が一、離ればなれになったら、やりきれない。

けんかをしたご主人と奥さんは、その日はギクシャクしていたが、翌月、朝日が散髪に行ったときには、元のふたりに戻っていた。朝日はからだの力が抜けるくらい、ほっとした。

ふふん、と鼻を鳴らし、朝日はこころのなかでお姉ちゃんに向かって得意な顔をしてみせた。ご主人がお客さんの肩をちいさな帚《ほうき》で撫で始めた。散髪が終わったようだ。会計を済ませたおじさんが、頭を下げるご主人に礼を言い、店を出た。次は朝日の番。

　ご主人に案内され、椅子に腰かけた。後方のご主人を振り向き、ハサミを動かす身振りをしながら、「髪、のびた」と言うと、ご主人が笑って二、三度うなずいた。雨合羽《あまがっぱ》みたいな布を朝日にかけ、首でヒモを結ぶ。

　さて、散髪にとりかかろうとしたら、隣で声がした。

「どの色がいい？」

　奥さんがお客さんに訊いている。差し出した手に、口紅が数本載っていた。

　隣のお客さんは女子だった。朝日よりいくつか歳下だろう。溝口理容室では、女のこども向けサービスとして、希望者には口紅をつけてくれる。

「うーん」

　隣の女子が、できたてほやほやの整ったおかっぱ頭を揺らした。目尻を下げて目を細め、よだれが出ちゃうよと注意したくなるほど口元をゆるめ、どの口紅にするか迷っている。

「好きなの、選んで」

　奥さんがやさしく急《せ》かすと、あの子は、雨合羽みたいな布の下で、身をよじった。盛大に照れている。そして盛大に嬉しそうだった。

（なんも、どの色でもいいべや）

朝日は胸のうちで、からかった。

（赤でも桃色でもダイダイでも。どれ塗ったってたいした変わらねえって）

そんなちっぽけなことであれこれ迷う隣の女子に舌打ちしたいきもちだった。が、ふと目を上げて、鏡に映る自分を見たら、さほど苛立《いらだ》っていなかった。それればかりか、いまにも噴き出しそうにしている。

唇を結び、隣の鏡に目を移した。

女子は甘ったるい笑みを浮かべ、奥さんの手のひらに載った口紅と奥さんを交互に見て、からだごと首を大きく左右に振っている。メトロノームみたいだ。

朝日はお姉ちゃんが化粧するところを思い出した。

お姉ちゃんはお母さんの部屋で化粧をする。お母さんの使っていた姿見の前に正座し、四角い引き出しからいろんなものを次から次へと出し、顔に塗っては鏡に近づいたり、遠ざかったりする。

そのあいだ、前髪は桃色のちいさな筒形のスポンジに巻き付けていた。化粧が終わり、スポンジを外すと、前髪がふんわりと内巻きになる。耳の横の毛をひと筋取って渦巻きにし、幅の広いピンを二本バッテンにして留めておくこともある。こちらは外すと、お姉ちゃんの顔の両側でバネみたいに揺れる。どちらも、たまに外し忘れるときがあって、そんなときは、仕事から帰ったお姉ちゃんが「もう、いやんなっちゃう！　なんでだれも教えてくれないのさ！」とひとしきり騒ぐ。

　朝日は化粧したお姉ちゃんをおもしろいと思う。

　化粧をすると、お姉ちゃんの顔は明るくなり、目鼻立ちがいつもよりちょっとクッキリする。たぶん、化粧をする前より美人になったのだと思う。美人になったお姉ちゃんは、少しだけ知らないひとのようで、知らないひとであるお姉ちゃんは口やかましくなさそうだし、お転婆《てんば》でもなさそうだし、ごはんをかならず二膳、調子がよければ三膳食べるようなひとに見えない。

　猫の毛の手触りみたいな、あったかくて柔らかな声で朝日の名を呼ぶ、おしとやかな女のひとのようなのだった。

　その女のひとは、朝日が時折こうだったらいいなと夢みるお姉ちゃんで、だから朝日はなんとなく嬉しく、また、得意になる。いっぽうで、恥ずかしくてたまらなかった。朝日が軽度の悪さをしたとき、お姉ちゃんは「コチョコチョの刑」と称し、お腹や足の裏をめったやたらとくすぐるのだが、あの刑を受けている感じがした。

　そんなおもしろさがふっつり消える場合がある。

お姉ちゃんが口紅の色を迷うときだった。

姿見の前で膝を揃え、頭を浅くかたむけて、何本かの口紅を手に取っては台に戻すお姉ちゃんを見かけると、朝日はつい目を伏せる。

お姉ちゃんの髪形はポニーテールというやつだ。朝日が物心ついたときから変わらない。だから、お姉ちゃんのうなじなど見慣れているはずなのに、そのときはちがって見える。しっとりと湿っていて、よい匂いがしそうなのだ。首もいつもより細く、長く見える。口紅に触れる指も細く長く白く見え、ほんとうのほんとうに赤の他人のようなのだった。猫の毛の手触りみたいな、あったかくて柔らかな声で、朝日の知らないだれかの名を呼ぶ女のひとに思える。

迷った挙句《あげく》、お姉ちゃんが選ぶのは、だいたいいつもコティだった。スキーの「距離」の選手である島田さんの海外遠征の折のお土産である。お姉ちゃんが持っている口紅のなかで、おそらく、いちばん上等なものだ。

お姉ちゃんは、真っ赤っかの「コティ」を唇にべったりと塗り、ちり紙でおさえてから、薄い桃色の口紅を丁寧に塗る。お姉ちゃんの唇はイチゴとスイミツを混ぜ合わせたような美味しそうな色になり、いつもよりふっくらとして見えるのだった。

朝日はこっそりオエーッと吐く真似をする。ゲボ出そう、とうんと小声で言ったりもする。そんなお姉ちゃんはお姉ちゃんじゃない。時折夢見る「こうだったらいい」のお姉ちゃんでもない。

ところが、隣の女子の口紅を迷うさまは、そんなにいやじゃなかった。朝日が「なんも、どの色でもいいべや」と心中ではあるもののからかえたのが、なによりの証拠だ。口紅を迷っているときのお姉ちゃんには、ちょっかいなぞ出せない雰囲気があった。「どれ塗ったってたいした変わらねえって」とはとても言えない、一種の緊迫感が漂っていた。

隣の女子は、朝日よりこどもだ。こどもが大人のおめかしをするチャンスをもらい、ただただ嬉しそうにしているだけ。朝日はそれをお兄さんっぽく「まったく女子ってやつは」というふうに眺めているのである。さながらウランちゃんにたいするアトム兄ちゃんのように。

ただし、でれついている隣の女子はウランちゃんほどかわいくなかった。目が細く、鼻に特徴があり、横顔がコーリン鉛筆のマークに似ていた。

「ど、れ、に、し、よ、う、か、な」

と言い出した声はこどもなのに少ししゃがれていて、朝日はいっそう愉快になった。

（早く決めれ）

まったく力を入れず、親愛の情をこめ、おかっぱ頭をひとつはたいてやりたくなる。

「か、み、さ、ま、の、ゆ、う、と、お、り」

「これ？」

奥さんが手のひらから一本の口紅を拾い上げた。筒をくるくる回し、クレヨンみたいな本体を出して見せる。深いダイダイ色の口紅だった。

積丹《しゃこたん》の夕日みたいな色だった。積丹には、去年の夏、お父さんとお姉ちゃんと島田さんと島田さんの奥さんと朝日で、海水浴に出かけた。

朝日は、行きはお父さんの車に乗り、帰りは島田さんの車に乗せてもらった。島田さんの奥さんがぜひにと誘ったのだった。「腕白《わんぱく》坊主がいるとにぎやかでいい」と奥さんが言い、「こんなんでよければ、どうぞ」とお姉ちゃんが朝日の背中を押した。さんざんあそんで疲れた朝日は、腕白坊主の本領を発揮できず、後部座席で寝入ってしまった。

「あ。夕日」

助手席にいた島田さんの奥さんの声で目をさました。窓から外を見たら、ダイダイ色の光で目のなかがいっぱいになった。積丹の海に太陽が沈もうとしていた。

「熱そう」

島田さんの奥さんがつぶやいた。

「海に落ちるときは、きっと、ジュッっていうね」

「ジュッ？」

朝日が訊き返したら、島田さんの奥さんは、

「あら、起きたの？」

と振り返り、

「うん、そう。ジュッっていうよ」

海を熱くするんだよ、と日に灼けて赤くなった鼻の頭をさわった。

「逆だべや。海が太陽を冷やすんでないのか」

島田さんが笑うと、

「太陽は熱いままだよ。空も海も自分の色にするんだから」

ねー？　と朝日に向かって笑顔をつくった。

積丹の夕日みたいな色の口紅をつけてもらっているあいだ、隣の女子は目を閉じていた。お祈りをしているような表情だったが、たぬき寝入りをしているときみたいに

まぶたがピクピク動いた。

隣の鏡をちらちら見る朝日の頭をご主人が元に戻す。朝日の散髪はとっくに始まっていて、何度も頭を元に戻されていた。

「はい、できあがり」

奥さんの声で、隣の女子が目を開けた。うわぁ、という目になる。振り切ったメトロノームのようにからだごと首を大きく左右に動かす。奥さんが隣の女子の雨合羽のようなものを外した。女子が椅子からおりた。

朝日は、「あ」と口を開けた。

女子の背なかがちいさな山のように出っ張っている。あの子もまた、溝口理容室によくくる、ままならぬ部分を持つこどもだったようだ。


たて笛で「ペール・ギュント」第一組曲第一曲「朝」の出だしを吹きながら、おばあちゃんの家に入った。軽いつま先立ちで上がり口に立つお姉ちゃんのかかとが目に入る。視線を上げたら、おばあちゃんの大きな笑顔が飛び込んできた。

「おお、朝日、きたか」

「おばあちゃん、おれ、きたよ！」

少し急いで応じると、おばあちゃんはまず顎を上げ、それからゆっくり顎を引いた。

おばあちゃんは万事ゆっくりと動く。のろまというのではない。単にスローなのだ。朝日の目には、ひとつひとつの動作を大事におこなっているように見える。おばあちゃんの家に行くと、時間の進み方もスローになる。時間というものが、この家では、ことのほか時を大事に刻んでいるように感じた。

だからなのだろう、おばあちゃんの家にくると、ゆったりとした、よいこころもちになる。ただし、たまにイライラする。たぶん、朝日のなかの時間の進みや時の刻みは、おばあちゃんの家のそれらより速く、ずっと無造作なのだろう。

おばあちゃんはゆっくりと座布団を出し、お姉ちゃんと朝日を円いちゃぶ台のところに座らせ、ゆっくりと自分も座り、ゆっくりと茶だんすから湯飲みを出し、ゆっくりと急須にお茶っ葉を入れようとして、茶筒がテレビの前に転がっているのに気づき、なぜ茶筒が転がっているかというと、お昼寝したときに枕にしたからだと照れ笑いを浮かべながら、ゆっくりと立ち上がり茶筒を拾いに行こうとしたところで、お姉ちゃんがもう我慢できないというふうに、にゅうっと腕を伸ばして茶筒を拾った。

「お腹は？」

三人で番茶をひとすすりしたあと、おばあちゃんが訊ねた。

「大丈夫」

お昼遅かったから、とお姉ちゃんが答えた。湯飲みについた口紅を指先で拭き取る。最前の「にゅうっ」とはちがい、妙にしとやかな仕草だった。そういえば、お姉ちゃんの唇はイチゴとスイミツを混ぜ合わせたような色だった。

朝日は、フン！というふうにたんすの上に目を移した。そこにヨモさんがいる。ヨモさんはでっぷり太った、年寄りのよもぎ猫で、なかなかの人見知りだ。お客さんがくると、しばらくのあいだはたんすの上から動かない。

「朝日もかい？」

お腹、と訊きかけ、朝日の視線に気づいたおばあちゃんが「朝日がおとなしくしてれば、すぐおりてくるって」と言った。朝日はお姉ちゃんをちらと見てから訊いた。

「ヨモさんはなに、食べてるんだ？」

「缶詰だ。猫用の」

「そんなのがあるのか」

「イカ食べ過ぎて腰抜かして、病院連れてったら缶詰にしろって言われてさ」

「猫は魚じゃないのか」

「たまにやるよ。ホッケ焼いたら『くれくれ』って大騒ぎだ」

「トイレは？　トイレはどうしてる？」

「外でしてるわ。したくなったら『出してくれ』って言う」

こっちが寝ててもおかまいなしだ、とおばあちゃんは丸い肩を揺すった。

「やっぱり動物を飼うのはたいへん。お金もかかるし」

お姉ちゃんが朝日に向かって黒目をちょろりと動かした。

「まー、でも、めんこいよ。こっちの寝たとこ起こすときは気ぃ使って小声出すし、トントンって遠慮がちに肩叩くしな」

おばあちゃんの返答に、朝日は歯を食いしばり、服のなかに虫が入ったひとのように身悶えた。

「ぬくいし、やわこいし。撫でてやったら、喉鳴らして喜ぶけど、こっちの手もだいぶきもちいいから、あいこだな」

おばあちゃんが朝日に言った。朝日は「くーっ」と呻《うめ》き声を発して仰向けにひっくり返り、足をばたつかせた。

「でも、生き物だから。そんなにめんこいと、死なれたら辛《つら》いでしょ」

お姉ちゃんが言ったら、おばあちゃんが即座に返した。

「そらそうさ。当たり前の真んなかだ」

なー、と朝日に向かってうなずいてから、お姉ちゃんに言った。

「そのときは、そのときさ」

ばーちゃんのほうが先かもしれんしな、と朝日に話しかけ、朝日ががばとからだを起こして「そしたら、おれがヨモさんもらってやる」と応じ、「朝日、約束だ」とおばあちゃんが小指を差し出し、朝日が「おう、約束だ」と言ってふたりで指切りげんまんをしていたら、お姉ちゃんが割って入った。

「縁起でもない」

ぷいとよそを向く。「縁起でもない」話を仕掛けた張本人のくせして、硬い表情で「二度と会えなくなったら……」とつぶやいた。おばあちゃんが湯飲みを手に取り、ゆっくりと回しながら言う。

「そのときはだいぶ辛いけど、あんなことしてた、こんなことしてたって思い出すと、すぐそこにいるような感じするっしょ。すぐそこじゃなくても、どっかにいるって思わさるっしょ。『二度と会えない』のはほんとうかもしれないけど、思い出したらいつでも会えるっていうのもほんとうなんでないの」

「思い出したら、たしかに、いつでも会えるよね」

お姉ちゃんはよそを向いたままだった。半びらきになった口を閉じてから、ひらく。

「でも、あたしは実際に会えるほうが断然いい」

頭をかたむけ、つづけた。

「会って、顔見て、話をするほうが絶対いい。話ができなくても、顔、見れたらそれでいい」

あたしは、あたしなら、とくるぶしを撫でた。

朝日は脇においていたたて笛を指でさぐった。吹きたくてならなかったが、我慢した。吹いたら、お姉ちゃんに叱られる。理由は思いつかなかったが、叱られるのは確実だ。

お母さんを思い出していた。だれかがお母さんの話をすると、お母さんがすぐそこにいるような感じがする。朝日は写真でしかお母さんを知らない。動くお母さんは覚えていない。お母さんの声も、においも、ぬくもりも知らない。でも、お母さんを感じることはできる。息遣いすら聞こえるときがある。すごく不思議だ。

「それはそうと」

お姉ちゃんが声を改めた。すーと鼻から息を吸い、一気に言った。

「あたし、晩ごはん、いらないから。友だちと約束があるの。映画。アラン・ドロン。ヒッチコックのになるかもしれないけど」

「あーそうかい」

おばあちゃんは少し気の抜けた声を出したが、

「アラン・ドロンは男っぷりがいいからねえ」

と伸び上がって、しなを作ってみせてから、朝日のきちんと切り揃えられた坊ちゃん刈りに気づき、

「朝日も床屋さんに行って、いい男になったね」

と誉めた。

「まあな」

朝日は両手で頭を触った。

溝口理容室で見たあの子が、こころに浮かび上がる。

ぼんやりとした屈託が再び広がった。

溝口理容室を出て、家に帰り、バスに乗り、おばあちゃんの家に到着するまでずっとモヤモヤしていた。朝日のこころのなかで、薄墨色の渦巻きが細い煙を出していたのだった。いま、また、あの煙がたちまち充満し、朝日を少しだけ弱らせた。

「じゃあ、朝日はおばあちゃんと買い物、行くか」

おばあちゃんは前掛けを外し、適当に畳んで、そのへんにおいた。すかさずヨモさんがたんすから飛びおりる。考え考えするような歩みで前掛けに近づき、腰を落ち着けた。

「しっ！　毛がつくでないか」

おばあちゃんは足の指でヨモさんのお腹をつつき、どかせようとしたのだが、ヨモさんは動かなかった。それればかりか、ひどく不機嫌な風情で、それでいて余裕しゃくしゃくというふうに前足をぺろぺろ舐める。おばあちゃんが再度つま先でもってヨモさんをどかせようとしたら、耳を反らし気味に張り、シャーッと牙を剝《む》いた。

おばあちゃんの前になったり、後ろになったりしながら、おばあちゃんが「本間《ほんま》さん」と呼ぶ商店に到着した。朝日にとっても馴染《なじ》みの店だった。すでにお小遣いはもらっていた。なんと五百円。四つに折ったのがズボンのポケットに入っている。チョコボールを買うつもりだったが、迷いが出た。ぱーっと使わずに貯めれば、サムが買えると思いついたのだった。

サムは学研のカッコいい文房具だ。細長い鉛筆の芯《しん》を入れ替えて使うやつ！　朝日のクラスでは山口くんしか持っていなかった。山口くんのお母さんは月に一度、学校にきて、『科学』と『学習』を売る。どちらも学研の雑誌で、だから山口くんはサムをいち早く買ってもらえたのだ。

「お肉、焼くかい？　バターで」

おばあちゃんが店の右すみを指さした。そこはお肉屋さんコーナーで、ショーケースが並んでいた。おばあちゃんによると本間さんの長男の受け持ちらしい。

「ホッケがいいな」

朝日は左すみの魚屋さんコーナーに目をやった。こちらは本間さんの次男の受け持ち。

「お肉のほうがいいんでないの？」

バターで焼いてさ、と言ったものの、おばあちゃんは朝日の心情を察したようだった。その証拠に「おれ、骨に付いてるパリパリしたところが好きなんだ」と朝日が言ったら、「ヨモさんはふっくらした身のほうが好きだよ」と応じた。

店の手前の青物売場でいくつかの野菜とイチゴを買った。深めの四角い皿に盛ってあるイチゴをスコップみたいなものですくい、目方を量ったのが本間さんだった。お得意さんであるおばあちゃんはもちろん、朝日のことも覚えていて、会うたび「孫はマゴマゴしねぇように。なーんてな」と金歯を見せて笑う。機嫌のいいおじさんだ。

青物売場の横で豆腐とアブラゲ、お肉屋さんコーナーでハムと卵、魚屋さんコーナーでホッケのひらき、乾物の棚でマカロニを買った。おばあちゃんはお菓子も買ってくれた。「好きなもの三つ」と言われ、朝日はチョコボールを三つ選んだ。いつもなら、もらったお小遣いで追加するのだが、今日はよした。サム貯金を始めるところに決めたのだった。おばあちゃんも好きなものを選んだ。渦巻きかりんとうと、きなこねじりと、バクダンである。

「あとは明日の朝、食べるパン」

おばあちゃんは肘にかけた買い物カゴをたしかめて、うん、とうなずいた。おばあちゃんの買い物カゴは赤いビニールの縄編みのやつで、かなりくたびれていた。むかし、朝日のお母さんとお揃いで買ったそうだ。お母さんはおばあちゃんのこどもで、末っ子だ。おばあちゃんはこどもを四、五人産んだ。一番上を戦争で亡くし、一番下を病気で亡くし、そのあいだに、連れ合いを事故で亡くした。

「食パン、一本」

パン売場の女のひとに「いつものね」というふうに声をかける。三角巾をかぶった女のひとが食パンを電動スライサーで切り始める。電動スライサーは丸ノコに似ている。女のひとがパンを押していくと、円い刃が同じ厚さに切っていく。

「……溝口さんでさ」

パンが切られていくのを見ながら、朝日が言った。気がついたら言っていた。ずっと言いたかったことがこぼれたというふうだった。

「溝口さん？」

「床屋さん」

「ああ、床屋さん」

「うん、床屋さん」

そこでさ、と朝日は口ごもった。言葉がなかなか出てこない。喉のあたりで渋滞しているみたいだ。

「そこで？」

と、おばあちゃんが訊ねたのは、帰り道だった。

朝日は紫色の薄い紙に包まれた食パンを抱え、うつむいていた。視界に左右の足が代わりばんこにあらわれる。青い運動靴、の、丸みを帯びたつま先、が、地面を歩いていた。その動きに合わせるようにして、渋滞していた言葉を喉から順に押し出した。溝口理容室で見かけたあの子の話だ。切り揃えられたおかっぱ。口紅。もじもじでれでれしていたようす。

背なかの骨が出っ張っていたことは言わなかった。それはだれにも言いたくなかった。

「おれさ」

朝日は「んー」と口を閉じた。「んー」「んー」と繰り返し、自分自身に呼びかけた。

いま、言いたいこと、いま、おばあちゃんに聞いてほしいことがきっとあるはずなのに、なかなか出てこない。左右のつま先の規則正しい運動に、リズムに、励まされるようにして、お腹のなかの「きもち」のカタマリをちょっとずつほじくってみる。存外柔らかなカタマリがほろほろとくずれる。

「いかったな、とか、め、めんこくなったでないか、とか、なんかそういうの、言えばいかった」

食パンを持つ手が動いた。朝日の指がなにかをそっと撫でようとしている。

「今度会ったら、そやって言ってやればいいさ」

おばあちゃんの声はふっくらと笑っていた。

「今度っていつだ」

「この次さ」

「次か」

朝日は軽く首をひねった。あの子と、「次」、いつ会えるだろう。

「なーんもその子にでなくてもいいのサァ」

おばあちゃんを見たら、おばあちゃんは朝日を見ていなかった。前方遠くに目をやっていた。

「その子にでなくても、そやって言いたくなったら言えばいいんだわ」

朝日に顔を向け、頭を撫でた。「朝日はいい子だな」とつぶやく。

「なんもだ」

なんもだって、と朝日は食パンを小脇に抱え、駆け出した。


夜中、おばあちゃんの言葉が胸をよぎった。おばあちゃんの言ったことが、おばあちゃんの声で聞こえた。

お父さんのいびきで目が覚めたのだった。ほらあなに潜む怪獣みたいな音だった。おばあちゃんも、んがぁんがぁと吠えていたが、怪獣としてはたいしたものではなかった。

うるせぇ、とひとりごち、寝返りを打った。ふとんをかぶろうとしたら、電気の小玉のもと、隣で眠るお姉ちゃんの後ろ向きのかたちがぼんやりと見えた。さなぎによく似たかたちだった。さなぎは震えているようだった。怪獣たちの吠え声に消されそうな、押し殺した泣き声がとぎれとぎれに聞こえてきた。ちいさな、とてもちいさな声だったが、なぜだか朝日の耳にちゃんと届いた。

ホッケのひらき。小松菜のおひたし。豆腐とアブラゲのおつゆ。マカロニサラダ。夕方の六時ごろ、朝日はおばあちゃんと晩ごはんを食べた。

ホッケはヨモさんにもやった。ヨモさんは、ホッケを焼いているときから狂おしげに鳴き、催促していた。「朝日からもらえ」とおばあちゃんはまつわりつくヨモさんを足でどかしていた。ちゃぶ台につき、朝日が広げた新聞紙にホッケの身をちょっぴりおいたら、ヨモさんはすぐそばにきて、頭を左右にかたむけながら、むはむはとたいらげた。

お父さんが帰ってきたのは八時過ぎで、お姉ちゃんの帰宅はお父さんが晩ごはんを食べ終えるころだった。

「ごはんいらない」と言って、足音荒く洗面所に向かった。水音が聞こえ、お姉ちゃんがつるりとした顔でちゃぶ台に戻ってきたとき、朝日たちはイチゴを食べていた。

お姉ちゃんはそれもいらないと言った。「お腹いっぱいなんだわ」と朝日たちに背を向け、熱心にテレビを観た。たまにアハハと大声で笑った。

ちゃぶ台を片付け、ふとんを四組のべているあいだも、お姉ちゃんはよく笑った。奥からお父さん、おばあちゃん、朝日、お姉ちゃんの順で横になった。電気を小玉にしたのはお姉ちゃんだった。「じゃ、おやすみっ」と元気いっぱい、みんなに声をかけた。

朝日はお姉ちゃんに向かって、手を伸ばした。届かなかったので、ふとんから這《は》いずり出た。なにか言いたかったが、なんて言えばいいのか分からなかった。だから、お姉ちゃんの頭をそっと撫でた。

第四章　くろちゃん

「……猫、飼っていいよ」

お姉ちゃんがつぶやいたのは、日曜の朝だった。

おばあちゃんの家に泊まって、起きて、朝ごはんを食べていた最中だ。

くわしく言うと、おばあちゃんの家の朝ごはんは、ハムと卵サラダと食パンがお皿に載っていて、各自好きなように食べる方式で、トーストにしたいひとはめいめいトースターで焼き、目玉焼きが食べたいひとはおばあちゃんに頼むという朝日のたいへん好きなスタイルなのだが、朝日が三枚目の食パンにハムをおき、その上に卵サラダをてんこもりにしていたとき、一枚目の食パンをちびちびかじっていたお姉ちゃんが——なにも具を載せないので「なんだおい、素食パンかよ」とお父さんにからかわれていた——、ひとりごとを言うみたいにちいさな声で言ったのだった。

「ほんとか？」

朝日は食パンを持ったまま、ヒュンとお姉ちゃんにからだを向けた。

「『いまのナシ』はナシだかんな」

念を押すのと同時に、お父さんが「ひゅー」と歓声を上げた。

「猫かー」とお父さんは胸ポケットからハイライトと銀色のライターを出した。皺の寄ったタバコの入れ物の口に指を入れ、まさぐりながら「そうか、猫か」と繰り返した。一本探り当て、シュポッと火をつけたら、満足そうに一服し、

「朝日の猫なんだから、朝日が中心になって面倒みなきゃな」

な、お姉ちゃん、と落ち着いた声をつくり、

「おれの猫だからおれが面倒みる」

と朝日が胸を張ると、うむ、とうなずき、

「お父さんも手伝ってやる」

と、いかにも「しょうがない」というふうに、タバコの煙を鼻から出した。

「ほんとにふたりでお世話してちょうだいよ」

お姉ちゃんは少し笑った目でおばあちゃんを見た。パンを食べたのに、お腹が空いているような声だった。

「なんも朝日なら大丈夫だ」

おばあちゃんも目で笑った。朝日は「おう」と返事しようと思ったのだが、お父さんが思い出したように「ほれ、朝日、お姉ちゃんに」と催促したので、「ありがと」と早口で礼を言った。

お父さんもお姉ちゃんに頭を下げた。「このたびのご決断、まことにどうも」とかなんとかモゴモゴ言っていた。お父さんはアヒルを譲ってもらってきた一件以来、お姉ちゃんから生き物飼育禁止令を言いわたされていた。

午前中のうちに、お父さんと銭函《ぜにばこ》に行くことにした。

仔猫のトイレ用に、銭函で「砂どろぼう」をする計画である。塩谷も蘭島もフゴッペも砂浜だが、もっとも近いのが銭函だった。おばあちゃんの家に麻袋がいくつかあってよかった。あとは、手早く、たんまりと麻袋に砂を入れるだけだ。お父さんは午後から仕事なのだった。お姉ちゃんは行かなかった。おばあちゃんと朝ごはんの後片付けをしたら、ひとりで先に家に戻り、「仔猫の寝床」をこしらえておいてくれるそうだ。

「砂どろぼう」は首尾よくいった。朝日が麻袋の口を開け、お父さんがシャベルで砂をすくって入れる。その繰り返しだった。たちまち三袋できあがった。「仔猫のためならエーンヤコーラ」とお父さんが歌いながら麻袋を白いサニーまで運び、後ろに詰め込んだ。朝日も歌いながら手伝った。

夏休み前だったので、泳ぎにきているひとはほとんどいなかった。少ないながらも海水浴客は「ひぇー、しゃっこい」「まだ無理でないか?」などと騒ぎながら波打ち際でパチャパチャやっていた。朝日は海水浴以外の目的で海にきたのも、閑散とした砂浜に立ったのも初めてだった。どちらをとっても悪い気分ではなかった。おれはここにあそびにきているのでない、というような思いが朝日の胸を誇らかにくすぐった。

麻袋の詰め込みを終え、シャベルも忘れずにしまい、「砂どろぼう」の任務が完了した。帰路につくあいだ、朝日とお父さんはこんな会話をした。

「もらってきたら、少し放っとくんだったよな」

「慣れるまでな。向こうだってたいへんだ。さっきまで一緒にいたお母ちゃんと引き離されて、いきなり知らない家に連れてこられて、知らないひとたちに囲まれるんだからよ」

「で、ゴハンやって、飲むようだったら水飲ませて、トイレ覚えさせるんだよな」

おばあちゃんから教わった事柄を口にしながら、朝日は洟をすすった。鼻水も涙も出ていなかったが、どちらも出てきそうな「感じ」が鼻の奥に急に溜まった。お母ちゃんから引き離される仔猫のきもちが、朝日のなかに流れ込んでいた。

「まーまずトイレは覚えるべ」

「そうか？」

おばあちゃんもそう言っていた。猫はトイレをすぐ覚えると。猫、頭いいな、と朝日は思った。

「ゴハン食べてくれれば、だいたい大丈夫だ」

「食べないこともあるのか」

朝日は白いサニーの後部に積んだ麻袋の隣においてある猫の缶詰を思い出した。おばあちゃんから譲ってもらった。おばあちゃんは猫の缶詰を大量に溜め込んでいた。いっぺんに買うと重いので、気がついたときに一個二個と買っているうち、押し入れの半間《はんげん》を占領しそうになったそうだ。

「だから、放っとくんだよ。ここん家のひとたちは敵じゃないぞ、安心していいぞ、と思うまで」

「おれは味方だ」

「そうだ、味方だ」

お父さんは前方を見ながら瞳を細めたあと、「かまいすぎるなよ」と注意し、「大抵の猫は腹が空いたらバクバク喰うから心配すんなって」と笑った。「仔猫でもか？」と朝日が訊くと、「仔猫でもだ」と答え、つづけた。

「仔猫のほうが早くおれらに慣れてくれる」

朝日は黙った。「お母ちゃんがいないのにか？」と訊きたかった。仔猫をお母ちゃんから引き離すこころの痛みと、引き離される仔猫のきもちが合流し、渦巻き、洗濯中の洗濯槽に放り投げられたようだった。

「うまいもの喰わせてくれて、めんこがってくれたら、朝日だって嬉しいべ」

「それはそうだけど」

だからと言っておれはよそん家のこどもになりたくねえな、と朝日は思った。途端に、たとえばよそん家のこどもになって、そこでおやつ食べ放題、マンガ読み放題、毎日ラーメンやハンバーグなどを食べられ、欲しいものがなんでも手に入る生活を送れたとしたら、と想像し、そんなに悪くねえな、とも思い直した。

「前までいたとこのこととか、うんと遠くのほうにいっちゃって、『いま、ここ』がいちばんよくなるんだわ、猫は」

朝日は「え」と口を開け、前方からお父さんの横顔へと視線を移した。

「猫、あんまり頭よくないな」

言うと、お父さんは、

「そうか？」

とハンドルを握り直した。

「どっちとも言えないんでないかぁ？」

大きく口を開けて笑い、言った。

「なんにしても仔猫は朝日が頼りだ」

朝日はしっかりとうなずいた。おれは仔猫の「いま、ここ」がいちばんよくなるようにする。


家に帰った。お父さんは猫の缶詰と麻袋を車からおろし、納戸に入れ、身支度をした。「いってきまーす」と声をかけたが、朝日とお姉ちゃんはお父さんを見ずに気のない声で「あ、いってらっしゃい」と返しただけだった。「なんだおい、冷てえな」とお父さんはちょっと文句を言ったあと、「帰ってきたら仔猫がいるんだなあ！」と笑いながら、もう一度「いってきます」と声をかけ、家を出た。

朝日とお姉ちゃんはお母さんの部屋にいた。「仔猫の寝床」を見ていた。穴のあいたタライにクッションを入れたものだった。クッションはお姉ちゃんがつくった。古いガーゼタオルとしみのついたネルの敷布《しきふ》を合わせて縫った四角に、パンヤを詰めた。夏はガーゼ、冬はネルを表にすればいい、とお姉ちゃんは得意気だった。

食器は台所のすみに用意されていた。五枚組でいただいたが、もう一枚しか残っていないガラスの果物皿がゴハン用で、朝日がちいさいころ使っていたごはん茶碗が水飲み用だった。

「で、これがトイレ」

円い箱だった。空色の地に色とりどりのそら豆形のお菓子がちらばっている。ゼリービーンズというらしい。もともとはお姉ちゃんの帽子が入っていた。

「いいな」

寝床もゴハン入れも全部いい、と朝日が言うと、「でしょ？」とお姉ちゃんが手を腰にあてた。さっそく、砂を入れることにした。箱にはビニールが敷いてあった。お姉ちゃんの指示で、朝日の砂あそびセットを利用した。黄色いバケツに黄色いスコップで砂を入れ、仔猫のトイレに運ぶ。このときの注意点は、「絶対に砂をこぼさない」だった。そして、もしもこぼしてしまったらかならず掃除機をかけること。そしてお姉ちゃんに報告すること。

仔猫のウンチはちり紙で包んでトイレに捨てるそうだ。「水洗トイレになったら、どうなるか分かんないけど」とお姉ちゃんが言い、朝日は「なんだそれ？」と訊いた。お姉ちゃんは「わたしもよく知らないよ。なんか水でジャーッて流すらしいんだわ。東京のひとみたいにトイレットペーパー使うんだって。汲み取りしなくていいから、臭くないって話」と答えた。

とにかくウンチをトイレに運ぶまでこぼさないこと、ときどき砂を取り替えることをお姉ちゃんは朝日に約束させた。汚れた砂は、花壇の横にお父さんに穴を掘ってもらって、そこに捨てるそうだ。やがてそこが仔猫のトイレとなるようだった。銭函ですくった砂がなくなるころ、仔猫は花壇の横が自分のトイレだと分かるはず、とお姉ちゃんが言った。お姉ちゃんの声は、依然として朝と同じ調子だった。いつもより少しだけちいさく、お腹が減っているようだ。

「ゴハンはいつあげるんだ？」

朝日が訊ねた。お姉ちゃんが答える。

「朝と夕方かな」

「昼ゴハンはナシか？」

「あげるひとがいないっしょ」

「おれがあげる。給食食べた後、ダッシュで帰ってゴハンあげてダッシュで学校に戻ればいいから」

「毎日？」

「毎日だ」

昼ごはんを食べない生活など、朝日は考えられなかった。仔猫だっておんなじはずだ。ひもじい思いはさせられない。

「猫は一日二回でいいと思うけど」

お姉ちゃんは首をかしげ、「お父さんが帰ってきたら聞いてみよう」といったん保留にした。

「じゃ、まーそういうことにして」

お姉ちゃんが食卓から紙袋を持ち上げた。

「早くもらっといで」

と紙袋を朝日に手わたす。「おう」と受け取ると、そこそこの重量があった。

「アジウリ。二個だけど。こないだ森谷《もりや》さんにもらったっしょ。仔猫もらったら、お礼にあげるんだよ」

「分かった！」

言うが早いか朝日は家を飛び出した。入船公園を突っ切ろうとしたら、同級生たちがハンドベースボールをやっていた。ゴムボールを使う、野球のようなあそびである。バットやグローブの代わりに手を使う。「かざれや（仲間に入れ）」と誘われたが、「いま忙しい」と断った。仔猫をもらいに行くのだ。ハンべなんかしてるヒマないべや。


「やー、もう半分あきらめてたわ」

おばあさんが玄関から顔を出して、笑った。

「おうちのひと、いいって言ったのかい？」

「言った。トイレも寝床もゴハン食べるとこもお姉ちゃんがつくった」

おれも手伝った、と朝日は鼻をふくらませた。

「そうかい」

おばあさんは奥につづく戸を開けた。居間がすっかり見わたせた。円いちゃぶ台、えんじ色の座布団、白黒テレビ。おばあちゃんの家にそっくりだった。茶だんすの上によもぎ猫がいるのまで同じだった。ちがうのは、この家のおばあさんは洋服を着ていることだった。おばあさんは花柄の半袖ワンピースを着ていた。なかに白い長袖の肌着を着ていて、それがワンピースの袖から見えていた。もうひとつちがうのがこの家には仔猫がいること。まだ茶だんすの上に乗れない仔猫は、捕まえようとするおばあさんから跳ねるように逃げ回った。追いかけっこをしてあそんでいるようだった。おばあさんは「あれ、あれ」と言いながら、ちょっと腰を曲げ、ノタノタ歩きながら、仔猫を追いかけていた。

一生捕まえられないかもしれない、と朝日が思ったそのとき、おばあさんの手が仔猫の首根っこをとらえた。両手で抱き上げ、前掛けにくるむ。そのまま居間の次の部屋のすみに行き、ちいさめの段ボール箱を足で蹴《け》りながら戻ってきた。

「お転婆でお転婆で」

最初はきょうだいのなかでいちばん大人しかったんだけどね、と朝日の前に立つ。前掛けから仔猫をくるりと出し、朝日に抱かせようとした。朝日は持っていた紙袋を下駄箱の上におき、おそるおそる仔猫を受け取った。

「こっちの手はおシリにあてて。そう、腕も使って。そっちの手は前脚を掛けさせるようにして」

おばあさんが抱き方を教えてくれた。あんなにお転婆な仔猫なのに、朝日に抱っこされても特に暴れなかった。呆然としたように、抱かれたなりになっていた。朝日の手に柔らかさとあたたかさと速い鼓動が伝わってくる。

「途中で暴れて、逃げたら困るっしょ」

おばあさんは居間の次の部屋に行き、ゴソゴソやったのち、ボロ切れを持ってきた。段ボールに敷き、「はい、こっち」と朝日から仔猫を取り上げようとした。朝日は咄嗟《とっさ》におばあさんの手を避け、訊いた。

「段ボールに入れるんですか？」

「そうだよ」

暴れて逃げたら困るっしょ、とさっきと同じことを言い、「捕まえられなかったら、野良になるべさ。こんなにちっちゃいんだから、ひとりで生きてけないっしょ。エサもとれないし、カラスにやられるかもしれんし」と怖いことを言った。朝日は茶だんすの上でこちらをうかがっているお母ちゃん猫を見て、「ハイ」とおばあさんに仔猫をわたした。それまで仔猫が密着していたあたりがスースーと寂しくなる。

おばあさんは仔猫を段ボールに入れ、四枚のフタを交互に折り込んだ。なかで急に仔猫が暴れ出した。みーっ、みーっと激しく鳴き、茶だんすの上のお母ちゃん猫が「なにごと？」というように首を伸ばし、耳を動かした。

「かわいがってやってね」

「うん」

　段ボールを受け取った朝日は、「あ、これ、お礼」と目と顎で下駄箱の上においた紙袋をさした。「あらまー」とすぐに袋のなかをあらためたおばあさんは「ごちそうさま」と言い、「ご丁寧にどうも」と言い、「おうちのひとによろしく言ってね」と頭を下げた。朝日もお辞儀した。お母ちゃん猫にもお辞儀し、玄関を出ようとして、思い出した。

「ゴハンは何回ですか？」

「お乳を飲まなくなってから、二回食べさしてるわ」

「朝ゴハンと晩ゴハン？」

「そうだね」

「分かった」

朝日はもう一度お辞儀し、お母ちゃん猫をちらっと見て、玄関を出た。

段ボールをしっかり両手で抱え、そろそろと、だが、急いで歩いた。仔猫はいかにも不安げに鳴きつづけた。「大丈夫。なんでもないって。もうすぐ着くから」と朝日は仔猫をなだめつづけた。それでも仔猫は鳴きやまなかった。仔猫の鳴き声は、朝日をだいぶ辛くさせた。

仔猫は、いま、自分がどうなっているのか、どこに連れて行かれようとしているのか分からず、怯《おび》えている。助けて、助けて、と叫んでいるようである。その声があまり切羽詰まっていて、朝日は苦しい。その声がものすごい力で朝日の胸を直接掴み、ぎゅっと絞り上げ、カラカラにするのだった。どうにかしてやりたいのだが、どうすることもできない。事情を説明しても仔猫には伝わらない。だけども朝日は段ボールのフタに口をくっつけるようにして、仔猫に語った。

「なんも心配しなくていいから。おれん家にくるだけだから。みんな、かわいがるから。美味しいゴハンあるから。寝床もトイレもあるし」

入船公園を突っ切るとき、またハンドベースボールであそんでいる連中に誘われたが、朝日はやはり「いま、忙しい」と断った。「ほんっとに、いま、忙しいんだわ」と念を押した。

こうして仔猫は朝日ん家の子になった。

名前は、くろちゃんに決まった。朝日が名付けた。タンゴにしようと思ったのだが、「黒猫だからどうせタンゴでしょ」とお姉ちゃんにからかわれ、「いや、くろちゃんだ」と言い返し、それで決定した。

くろちゃんがやってきたのは夏休みの少し前だった。初日は茶だんすの下に潜り込み、飴《あめ》みたいな色の目で用心深く周囲をうかがっていたが、明くる日には茶だんすの下から食卓の下、あるいはソファの陰から食卓の脚のところへと猛スピードで移動するようになり、数日後には部屋じゅうの探検を終え、元気に走り回るようになった。ゴハンの場所とトイレはすぐに覚えた。慣れていないうちは、朝日たちのいないあいだにゴハンを食べ、用を足していた。

くろちゃんは、二階にも上がった。朝日が部屋に入れると、朝日を見て、窓の桟にのぼりたそうに鳴くので、乗せてやる。熱心に窓から外を眺めたり、あくびをしたり、前脚を舐めたりして時間を過ごし、おりたくなったら、また朝日を見て鳴く。手がかかるけど、かわいい。なまらかわいい。

朝日は、かすかに、くろちゃんを自分の分身のように思っていた。

朝日とくろちゃんには、歳の離れたひとたちと暮らす、お母さんのいない者、という共通点がある。

朝日はお父さんやお姉ちゃんと血が繋がっているが、くろちゃんはそうではない。くろちゃんは猫だから、朝日たちと血の繋がりようがない。

だが、いくら親子やきょうだいといっても、お父さんやお姉ちゃんは大人だ。そりゃよその大人とは全然ちがうのだが、朝日にしてみたら、大人のなかにポツンといるような感じが、なんとなくある。除《の》け者《もの》というほど強い意識はないが、お父さんとお姉ちゃんがお母さんの話をすると、「ポツン」がきわだち、「あれー?」と思う。お母さんの話を聞くのは大好きだし、お母さんがすぐそこにいるような気がするにもかかわらず、「あれー?」が胸のなかでプクプクとあぶくを立てるのだった。

お姉ちゃんと朝日は十歳ちがう。そして朝日とくろちゃんも十歳ちがい。朝日は、くろちゃんに「ポツン」としたきもちを味わわせたくないし、「あれー?」と思わせたくないと、こころのどこかで思っているようだった。

とはいえ、くろちゃんは猫なので、おのずと限界があった。夏休みにデパートや海水浴に出かけるとき、くろちゃんは「ポツン」とお留守番だ。きっと「あれー?」と思っているにちがいない。仕方がないし、くろちゃんはきっとデパートや海水浴には行きたくないだろうが、でも、かわいそうだ。悪いことをしたと思う。

朝日がくろちゃんはえらいな、と思うのは、「ポツン」とされたあとでも、くろちゃんは頭を撫でるとゴロゴロゴロッと喉を鳴らして喜ぶところだった。「ポツン」とされる前と同じく、たぶん、もう自力でのぼれるのに、朝日の部屋の窓の桟に乗せろと要求するところだった。朝日がたて笛を吹くと、なぜか癇《かん》に障《さわ》るようで「やめれ」

というように足をのぼってきて、邪魔をしたりするところでもあった。そのとき、たて笛で吹いていたのが「ペール・ギュント」第一組曲第一曲「朝」だったら、朝日はくろちゃんにこの曲の特別さを語って聞かせる。くろちゃんのお母ちゃんの話をすることもある。

そう、ときどき、朝日は、くろちゃんに語りかける。

語る内容は、夏休み前に溝口理容室で会ったあの子に言いたかったけど言えなかったことのようなたぐいだった。告白によく似ている。何度も語ったのは次のふたつだった。

ひとつめ。

「おれ、富樫を海に誘わなかったさ」

富樫くんが家にきて、ふたりで「テレビに虹が出た事件」を起こした日、朝日は富樫くんに「一緒に海行くべ」と言った。富樫くんは気乗り薄のようなまんざらでもないような、はっきりしない態度だったが、朝日は約束したようなきもちになっていた。

だが、「明日は海行くぞ」とお父さんが宣言したら、楽しみで楽しみで富樫くんのことをすっかり忘れてしまい、家に帰ってからハッと気づく、の繰り返しだった。

「謝らないとなあ」

二学期が始まって一ヶ月以上経つが、朝日はまだ富樫くんに謝っていなかった。つい忘れるのだ。席替えがあり、富樫くんが隣じゃなくなったのが大きい。もともと富樫くんとはよく話をするほうではなかった。加えて、富樫くんは二学期になってから、チャイムが鳴ったら一目散に下校する。昼休みはフムフムとうなずきながら、エジソンとかの本を読む。

富樫くんは、アリマさんへのあこがれがつのり、電器屋さんになりたくて、アリマ電器店で修業をしていた。始めたのは夏休みだったようだ。いまも放課後はできるだけアリマ電器店に通っているらしい。これは富樫くん本人から聞いた。あるとき、富樫くんが駆け寄ってきて、打ち明けたのだった。「えーっ」と朝日が驚いたら、「なんも、カズ坊さんにくっ付いてお得意さん回ったり、ゴミ集めたりしてるだけサ」とはにかんだ。いつものようにニコニコしていたが、いつもにはない堂々とした雰囲気があった。

「謝ろうって思ったら、富樫、忙しそうなんだわ。で、忘れるんだわ」

富樫も忘れてるかもしれないんだけど、とくろちゃんの背なかに顔をうずめ、ブーッと音を立てて息を吐き、くろちゃんにいやがられる。

そして、ふたつめ。

「お姉ちゃん、あれから、ずーっと、なんだか元気ないんだわ」

くろちゃんをもらってくる前の日、おばあちゃん家に泊まった夜、お姉ちゃんはふとんのなかでこっそり泣いていた。朝日はなにか言いたかったが、なんて言っていいのか分からず、頭を撫でたきりだった。

その翌日、お姉ちゃんは普段のお姉ちゃんに近かった。一瞬、いつものお姉ちゃんかと思うくらいで、前の晩、泣いていたのは夢だったかと思いそうになった。

「でも、ちがうのさ」

お姉ちゃんのようすは、天気にたとえると、曇り空だった。出かけるときは傘を持っていかなきゃな、というような、そんなふうなのだ。普段のお姉ちゃんは機嫌の良し悪しはあるものの、だいたいカラッと晴れている。

「声、なんだわ」

うん、声なのさー、と朝日はくろちゃんの顔をめちゃめちゃに撫で、うるさがったくろちゃんに指を甘嚙みさせた。

「お腹減ってるみたいなんだわ」

おばあちゃん家で食パンを食べたときから、お姉ちゃんの声はずーっとそうだった。お腹が減っている声は、空気をふるわせる力が弱い。朝日はそう思っていたのだが、くろちゃんを飼ってみて、考えが変わった。腹ぺこのくろちゃんは声を限りにして「ゴハンくれ」と鳴く。腹ぺこのときだけじゃない。もらってきたときもくろちゃんは段ボールのなかで「助けろ」とめいっぱい鳴いた。窓の桟にのぼりたいときもそう。「乗せろ」と鳴く。なにかしてもらいたいとき、くろちゃんは渾身で空気をふるわせる。

「お姉ちゃんもそうしたらいいんだ」

そしたら、おれが、と朝日は思った。どうすればいいのかは見当がつかなかったが、とにかくそう思った。

そして十月になった。

くろちゃんがきて三ヶ月だ。

生後四ヶ月だったくろちゃんは七ヶ月になり、猫としての仕草が板についてきた。後ろ脚をぴんと上げ、お尻の穴をきれいにしたり、前脚をたたんでうつらうつらしたりする。いっちょまえである。

くろちゃんの主たる居場所は、ミシンの下だった。足踏み板の上を陣所《じんしょ》と定めたようだった。「いないな」と思ったらそこにいて、満足そうにしている。朝日がハタキを振ったら、そこから飛び出してハタキに挑みかかり、また戻る。

ミシンの下は幼いころの朝日のお気に入りの場所でもあった。足踏み板に腰をおろして膝を抱えると、よいこころもちになる。ちっとも隠れていないのに、隠れている気分になる。自分だけの場所にすっぽりおさまり、くすくす笑ったり、すやすや眠りたくなるのだった。きっとくろちゃんもそうなのだろう。

くろちゃんのためにお姉ちゃんがクッションを用意してくれた。寝床用にこしらえたクッションを流用してもよかったのだが、くろちゃんは気分次第でタライの寝床でもウトウトする。

「夏はちょうどよかったかもしれないけど、もう寒いっしょ」

お姉ちゃんがそう言ったときには、あまり毛糸を繋いでカバーを編んでいた。クッションはすでにつくっていた。足踏み板と同じ大きさで、布はボロ布のきれいなとこ。お姉ちゃんはくろちゃんの首輪も提供してくれた。ポニーテール用にたくさん持っているリボンのなかから、くろちゃんにひとつ、くれたのだった。

「やっぱり女の子だし、赤いのがいいよね」

そんなわけで、くろちゃんの首輪は赤いりんごが連なるチロリアンテープになった。猫を飼うことに最初は反対していたお姉ちゃんだったが、いざ飼うと決まってからは積極的な姿勢に変化し、いまや、くろちゃんにメロメロだ。

くろちゃんがすぐにトイレを覚えたときも「この子、天才でない？」と誉めた。くろちゃんにゴハンと水をあげるのは朝日の役目なのだが、お姉ちゃんは隙をみて煮干しや花カツオなんかのオヤツをやろうとする。くろちゃんのやることなすことみんな、かわいくてたまらないようで、二言目には「めんちょこりんのちょんちょこりん」と目を細める。

「母性本能が目覚めたんでないのかぁ？」

というのは、お父さんの意見。朝日が「それはなんだ？」と訊ねたら、「お姉ちゃんのなかにあった『お母さんになる素』の味が滲み出てきたっていうさ」と答えた。

朝日は首をひねった。おれにたいして滲み出たのは厳しいお母さん味で、くろちゃんにはやさしいお母さん味なんだな。そう思った。朝日のきもちを読んだように、お父さんが言った。

「くろちゃんは赤ちゃんみたいなもんだからな。お姉ちゃんだって朝日が赤んぼのときはあんなふうだったぞ。一生懸命、かわいがってた」

フゥン、と朝日は声を出さずに顎をちょっと上げた。ゆっくりと顎を引き、赤んぼだった自分に「めんちょこりんのちょんちょこりん」と笑いかける十歳のお姉ちゃんを想像しようとした。あんまりうまくできなかったが、胸のうちがほんのり、あったかくなった。

お姉ちゃんの声はまだお腹が減っているようだった。でも、朝日はそんなお姉ちゃんの声に慣れて、「そういうものだ」と思いかけていた。お姉ちゃんがいつから、そんなふうになったのか、しかと思い出せなくなり、富樫くんに謝る気はもうなくなってしまっていた。

第五章　ハンス

「だれでもよい。ひめをわらわせたものは、ひめとけっこんをゆるす。われと思わんものは、城にくるがいい」

朝日は太い声をつくり、くろちゃんに話しかけた。眠っていたくろちゃんが怪訝そうに薄目を開ける。

「だれでもよい。ひめをわらわせたものは」

最前より大きな声を出した。くろちゃんが「なんだ？」と身構えたのと同時に、朝日は「くそっ」とそばにおいていた台本を手にとった。あぐらをかいてページをめくり、セリフを確認する。すっかり覚えたはずなのに、大きな声を出すと忘れてしまうのだった。

「だれでもよい。ひめをわらわせたものは、ひめとけっこんをゆるす。われと思わんものは、城にくるがいい」

台本を読みながら発声すると、われながらかなり上手だ。耳から聞こえるのは、まごうかたなき王さまの声。でも、立ち上がり、台本を離し、手振りをまじえてやってみたら、また、だめだった。本番を意識するからだろう。

「はー」

朝日はしゃがみ込み、よつんばいになり、ミシンの下から退散しようとするくろちゃんの長いしっぽのあとを追った。

学芸会まであと一週間。

四年生は器楽合奏と劇をおこなう。朝日の小学校では、器楽合奏は全学年、劇は二、四、六年生と決まっていた。器楽合奏は全員参加だったが、劇は各クラスから十人選抜される。三クラスだから、三十人だ。三十人は劇に出演するひとと大道具をつくるひとに分けられる。

分けるのは劇担当の林田先生だった。二組の担任だ。朝日は一組なので、よく知らない。天然パーマの長めの髪の毛を手のひら全体で軽く撫で付けたり、ちょいちょい耳にかけたり、大げさに搔き上げたりする動作がおもしろくて、何度か真似をしたことがある程度だった。

劇組の児童が初めて顔を合わせたのは土曜の午後だった。土曜は給食がないので、お弁当を持参するようにと言われた。だから朝日はお姉ちゃんに頼んだ。そのときの会話。

「土曜、おべんとだって」

「なんで？」

「学芸会のさー、劇に出るひとが集まるのさー」

「あんた、劇に出るの？」

「や。大道具。ムラなく色をぬるのがうまいって推せんされたから」

学級会で劇に出る十人を決めるとき、富樫くんが朝日を推したのだった。その前に朝日が「富樫くんは電球などを取り替えたりできるし、最近、手先が器用になったので、いいと思います」と推薦していた。そのお返しだった。

富樫くんはアリマ電器店での修業をつづけていた。アリマさんからお小遣いをちょっぴりもらったり、お得意さんからジュースやオヤツを振る舞われたり、カズ坊さんにレスカやカレーライスをおごってもらったりしているようだ。

劇組の初めての集まりでは、まず台本が配られた。西洋紙をホチキスで綴《と》じたもので、表紙にはガリ版で「金のがちょう」と書いてあった。がちょうを抱えた男子と、がちょうにくっ付いた男女のイラストが添えられていた。

それから、全員が林田先生の指定した短いセリフを言わされた。三十人のセリフ読みが終わると、林田先生は「ハイッ、分かりました」と教卓を立ち、天然パーマを掻き上げ、ズボンのポケットに片手を入れたまま、黒板に配役を書き出した。一行目で朝日は思わず「おー」と声を上げた。

「ハンス……富樫くん（一組）」

まさかの主人公だった。富樫くんは、両親にすら粗末に扱われる、三人兄弟のことろやさしいみそっかすに抜擢《ばってき》されたのだった。

隣の席の富樫くんを見たら、血の気が引いていた。それでも顔はいつものように笑っていた。そういう顔しかできないひとのようだった。朝日は富樫くんの驚き、とまどい、誇らしさ、不安、ドキドキを感じ取り、同調しかけたのだが、富樫くんが劇で主人公をつとめるという、なんともいえないおもしろさが勝り、結局、富樫くんを指さし、お腹を抱えた。

「王さま……西村くん（一組）」

気づくと、朝日にも役が割り振られていた。「え」と口をひらいたら、富樫くんが朝日を指さし「カッコいー」と小声で言い、「なんもおまえのほうがカッコいいべや」と言い返したりしているうちに配役の発表が終わっていた。

「おれ、王さまだわ」

二回目の劇組の集まりでのお弁当をお姉ちゃんに頼むとき、朝日は役名を告げた。

「王さまかい！」

お父さん、朝日、王さまだって、とお姉ちゃんは台所から居間を振り返った。お父さんは「おっ」と夕刊から顔を出し、「でかした、朝日」と満面の笑みを浮かべた。

「でかしてないって。セリフ、一個だって」

朝日がガクンガクンと左右に首を振りながら答えると、

「王さまだもなー。ああいうやつら、ほれ、あんましゃべんないべ」

と「それでいいんだ」というふうにうなずき、「台本、見せれ」と催促した。しぶる朝日に「王さま、台本を」と言い直し、持ち上げた足をばたつかせて笑った。


劇の練習をやめ、朝日は、くろちゃんとたわむれることにした。

「まったくもう、うるさいったらありゃしない」と言わんばかりの風情でソファに移動したくろちゃんだったが、朝日がハタキを振ってみせると「お？」と飴色の目――正確には花園《はなぞの》町の澤《さわ》の露《つゆ》本舗《ほんぽ》の「水晶あめ玉」の色の目――をかがやかせて首を伸ばし、獲物を狙う構えになり、「やんのか、やんのか、おい」というふうにお尻を振ったかと思うとヤァッと飛びついてきた。

「おおーっと」

軽やかにくろちゃんをいなすと朝日は闘牛士の気分になって、早野凡平《はやのぼんぺい》みたいに鼻歌を歌いながらホンジャマーの帽子をいじって頭にのせる身振りをし、「オレ！」と一声かけてからハタキを赤い布に見立て、くろちゃんを挑発した。くろちゃんも乗りに乗ってバンザイの恰好で素晴らしい跳躍を披露したり、後ろ足だけで立ってアワワ……とひっくり返ったりした。

ドアホンチャイムが鳴った。

「おいっす！」

ドアを開けたら、カズ坊さんの顔があった。切れのいい手振りをしている。後方には富樫くんがいて、「おいっす」の手振りだけやっていた。

「おいっす」

朝日はひとまず挨拶し、

「なした？」

と訊いた。

「まー立ち話もナンだからさ」

カズ坊さんがかかとを擦り合わせてズックを脱いだ。上がり口に足をかけたら、富樫くんも「お邪魔します」と靴を脱ぐ。朝日にお尻を向けて上がり口に膝をつき、カズ坊さんと自分の靴のつま先を玄関ドアに向けて揃えているあいだにカズ坊さんはソファに腰かけ、「や。おかまいなく」と足を組んでいた。隣に腰を下ろした富樫くんに「そうは言っても大抵お茶くらいは出すもんだよなー」と大きめの声で耳打ちする振りをする。富樫くんが首をすくめてうなずく。突っ立ったまま朝日が訊ねた。

「なにがいいんだ？」

「おれら、最近、紅茶にクリープ入れたのに凝ってんだよね」

ナントカさんのお宅で出されてからもう病みつきで、な？　とカズ坊さんが富樫くんのお腹をくすぐった。「もちょこい、もちょこい」と富樫くんがお祭りみたいな笑い声を立て、上半身を横に倒した。

「紅茶か」

朝日は鼻の下をちょっと擦って、台所に歩いた。戸棚から紅茶のティーバッグを取り出すあいだもにやついていた。富樫くんがのびのびとしているのがなんだか嬉しい。学校で見かけるときとは大ちがいだ。

チャオが頭に浮かんだ。透明の飴だ。舐めつづけるとなかからチョコレートがトロッと出てくる。あんなふうに富樫くんのなかのほんとうの富樫くんが出現したようだった。

それがどうして朝日のこころをあたたかく照らすのかは知らない。でも、それはどうでもいいことだった。朝日のこころもちはこんなにホカホカしている。それもまた嬉しい。満々としたきもちである。

日東紅茶。リプトン。トワイニング。朝日の家では紅茶はお姉ちゃんのものだった。お姉ちゃんがお姉ちゃんだけの謎の理屈で、その日、そのとき、飲む紅茶を選んでいる。朝日が勘づいているのは「トワイニングは特別」ということだけだ。勤め先のだれかからもらったやつを、たぶん、お姉ちゃんはここぞというときに飲んでいる。

だから朝日はトワイニングを手に取った。青い袋だ。お客さん用のカップに垂らし、魔法瓶からお湯をそそぐ。カップのなかでティーバッグをちゃぷちゃぷやって、これはカズ坊さんのぶん。富樫くんのと朝日のぶんもつくり、食卓に並べ、クリープをスプーンに山盛り一杯入れた。

「ん、うまい」

カズ坊さんが一口すするかすすらないかで言った。「うまい」と富樫くんもつづき、

「あったまるねぇ」とカップを両手で包んだ。「やさしい味だよねぇ」とつぶやく。どちらもカズ坊さんの受け売りだろう。当のカズ坊さんは鷹揚《おうよう》にうなずいてから、からだをはすにしてソファの背にもたれかかった。

「ほれ、おれ、テレビ出たっしょ。『そっくり歌まね大会』。あれがけっこう評判でサ、お客さん家に行くと『観たよ、観たよ』ってサ、おれが一節『愛は不死鳥』やると、もー喜んじゃって、『お茶飲むかい、お菓子食べるかい』ってな、いまだにそうなんだわ」

愛は、ア、ア、不死鳥、と口ずさみ、髪をスッと撫で付け、「ったく困ったもんだ」と言わんばかりにフッと口元で笑ったあと、カズ坊さんは体勢を戻し、低い声を発した。

「ところで朝日くん。話というのはほかでもない……」

「あ？」

朝日は聞き逃した。センターテーブルを挟んで、床にあぐらをかいていたのだが、目はくろちゃんを追っていた。くろちゃんはふたりの来訪を受け、足踏みミシンの陰に身を潜めていた。朝日が台所に行ったときには「ゴハンか？」と期待したようだったが、朝日の開けた戸棚がゴハンをしまっているところではなかったので、再び警戒態勢に入ったのだった。依然、注意深くようすをうかがってはいるのだが、ふたりの来訪者への好奇心がおさえきれないようで、三角の耳をレーダーのごとく動かしながら抜き足差し足でこちらに近づいている。

「おまえら、今度、学芸会で劇出るんだって？」

聞いたよ、とカズ坊さんは富樫くんを顎でしゃくった。「主役」と富樫くんを親指でさし、「王さま」と朝日をひと差し指でさす。「まあな」と朝日が答えたら、また富樫くんを親指でさした。

「こいつの母親がすんげぇ喜んじゃってんだワ。うちンとこまで饅頭持ってきてサ、『アリマさんのおかげです、お宅でお世話になってから当たり前のこどもみたいに活発になって、学芸会で主役までやらせてもらえるようになりました』ってさ」

こいつをうちで修業させてるのと劇は関係ないんだけどよ、とカズ坊さんは富樫くんと笑い合い、「ま、それが親心ってもんだ」と朝日を見た。カズ坊さんの目は意外なほど深い色をしていた。親のきもちをよく分かっているようだった。

カズ坊さんは「そっくり歌まね大会」に出てから性根を入れ替えたと近所の大人たちが噂《うわさ》していた。家業を真面目に手伝うようになったと。テレビに出る前は、このチャンスをものにし、芸能人になるというようなことを言って、アリマさんとだいぶ揉めた。朝日もカレーをごちそうになりながら、カズ坊さんがペラペラとアリマさんを見下げる発言をするのを聞いた。腹が立って仕方なかった。

なぜカズ坊さんが芸能人になるのをあきらめ、あんなに嫌がっていたアリマ電器店の仕事を真面目に手伝う気になったのかは分からないのだが、それはともかく。

「いかったな」と朝日はお腹のなかで富樫くんに告げた。「紅茶、お代わりするか？」と訊いたら、富樫くんが「まだある」といつものニコニコ顔で返事する。カズ坊さんが声を張った。

「おれとしても、うちの富樫に恥はかかせたくないからサ、練習みてやってんだわ。したら、こいつ、けっこう物覚えよくってサ、セリフもすぐ頭に入ったし、セリフ回しっつーの？　アレもなかなか堂に入《い》ってんだわ」

カズ坊さんが富樫くんの頭をぐりぐり撫でた。富樫くんは目を波線にしておとなしく撫でられるにまかせている。

たしかに富樫くんはだれよりも早く劇のセリフを覚えた。国語の時間に教科書を読むときはつっかえつっかえだのに、ひとつのよどみもなかった。

声はそんなに大きくなかった。だが、朝日の見たところ元気はあった。富樫くんなりに張り切っているという感じだ。相手のセリフが終わってから、ゆっくり自分のセリフを言い出すのも、なんとなし富樫くんらしい。

「ところが、劇のカントク？　先生？　なんつったけ、林田？　そいつがこいつにダメを出すんだってな」

カズ坊さんの言った通りだった。林田先生は富樫くんに「もっと元気いっぱいで」とか「セリフを言うタイミングをもっと早く」と注意している。少し太っていて、ひとのよさそうな富樫くんの顔かたちと雰囲気は、林田先生の思い描く主人公に近いらしく、「きみはがんばればとてもよいハンスになれるんだよ」と富樫くんを励ましていた。

「したけど、こいつが言うには」

カズ坊さんが富樫くんの頭に手をおいたまま言った。

「ハンスはそれほど大きな声で元気いっぱいしゃべらないんでないか、って。だれかがなにか言ったあと、すぐに答えたりしないんでないか、って。ハンスは、のろまなはずだって。だからお兄さんたちにバカにされるんだけど、バカにされると悲しくて寂しいけど、でものろまだからどうしようもなくて、お兄さんたちに言われてもしょうがないのかなーとか思ってて、でもなにか役に立ちたいなーって思ってるんでないか、ハンスはそんなふうなんでないか、って、こいつ、言うんだわ」

カズ坊さんは口をゆるく閉じた。富樫くんはうつむいて、ソファの座面をくすぐるような指の動きをしていた。朝日の手はゆっくりと自分の頭に向かい、てっぺんを撫で回した。わしゃわしゃわしゃわしゃ。そこの髪の毛がスズメの巣みたいになった。

「すごいでないか」

口から漏れたのは富樫くんへの賞賛だった。

「おれ、そったらこと全然考えなかったわ」

おっきい声でちゃんと言えるかどうかってことばかし、と言いかけたら、「だべ？」

とカズ坊さんがぐいっと身を乗り出した。

「おれも感心しきりよ。我が身を振り返ってみるとよ、ホレ、おれ、テレビ出たっしょ。あんときもテレビ側のひとらにあーだこーだ言われて、あれ、なんかちがうな、あのひとらの言う通りにしたらカッコいい布施明にならないんでないかなーって思ったんだわ。したけど、そんなもんなんだなって納得させられちゃったんだわ。結局アッサリ流されるみたいなかたちになってサ。あのひとらの言うこと、ひとつも信じられなかったけどな。おまえみたいな田舎モンが文句言うなって感じだったし。いや、うちのハゲみたいに頭に血ィのぼらせて怒鳴るっていうんじゃないよ。あくまでもスマートに、冷たく、おれをバカにするワケ。愛がないワケ。とてもじゃないけど逆らえなかったよ。いまさら『帰る』とか言えないっしょ。こっちは、うちのハゲの反対を押し切って東京まできちゃったんだから、テレビ出ないと顔が立たないっしょ。だから、言いなりになったってワケ。」

まーどこに行ったって苦労はあるってこと、と顎に手をあて、仔細《しさい》ありげに口をつぐんだ。

朝日の頭にカズ坊さんのテレビ出演シーンがよぎった。カズ坊さんはいままで見たことがないほどクネクネしていて、きもちが悪かった。お姉ちゃんは「カズ坊はやっぱりだめだ」とテレビ画面を指さし、お父さんは「なして普段通りにしないんだべか」と首をかしげていた。でも、カズ坊さんはやりたくてやっていたわけではなかったのだ。やらされていたのだった。

「したけど、こいつは」

カズ坊さんは富樫くんの背なかに手をあてた。

「おれとちがって、ハンスのことをよっく考えてるし、アッサリ流されない意思の強さがある」

大きな声を出し、朝日の頭のなかに浮かんだ映像を吹き飛ばした。「意外な一面だ」と真面目な顔つきでつづける。

「そこでだ」

朝日に目を移した。

「おれとしては、こいつのやりたいようにハンスをやらせてやりたいんだわ。だが、練習中にカントクに楯突《たてつ》くのはいくない。たとえカントクがこいつの考えに耳を貸してくれたとしても、結局押し切られると思うんだ。こいつ、おれらみたいによっぽど仲いいやつらでないと、思ってること、うまく言えないべ。っていうか、言いたがらないべ」

「そうだけど」

朝日はカズ坊さんの言をいったん受けた。

「言うだけ言ってみたほうがいいんでないか？　休み時間に職員室行って、こそっと」提案してみたものの、朝日は「でも押し切られるだろうな」と予感していた。

林田先生は自分の思う通りに劇を完成させたいと考えているようで、劇に出るひとのセリフの言い方はもちろん、背景の草むらの色ひとつにしても「その緑色じゃなくて！」と大道具係に塗り直しをさせた。ハリボテのがちょうの目の大きさや位置にも異様にこだわり、「ちがう！　そうじゃなくて！　そこじゃなくて！」とつくりかけのがちょうを近くから見たり、遠くから眺めたりして「うーん」と髪の毛を忙しくいじったりしたのだが、そういうときに林田先生の発する声が金切り声とまではいかないけれど、けっこうなキンキン声で、こめかみには青筋が立っていて、なんというか、「だれの意見も聞きません、まして児童の考えなど」というムードを発散させているのだった。

「ムダ、ムダ」

カズ坊さんは「あっちいけ」の手振りをした。富樫くんから林田先生のようすを聞いているらしい。

「おれが一計を案じたのはよ、練習はカントクの言う通りにしておいて、本番で富樫のやりたいハンスをやるって寸法なんだ」

ま、最後の手段よ、とカズ坊さんはカップを持ち上げた。鼻のあたりまで持ってきて、カップを左右にちいさく動かし、香りを楽しんでからすすった。

「最後の手段か」

朝日は腕を組んだ。

「最後の手段だ」

カズ坊さんが応じる。富樫くんも深くうなずく。

「そんなら、やっぱり、その前に林田先生に言ったほうがいいんでないか？『最後の手段』っったら、やる前にいろんなことするもんでないのか。して、どれもだめだったら、そこで……ってやつなんでないの？」

朝日は富樫くんにそう言った。

富樫くんはハッとした目をした。

すぐに下を向こうとしたが、途中でよして、朝日の目を見つづけた。

ハンス役に抜擢されてから、富樫くんは変わった。アリマ電器店で修業するようになってからも変化はあったのだが、変化率が上がった、という感じだった。

国語の教科書の読みも上手になったし、休み時間に男子でおこなう馬乗りにも「かぜて」と自ら参加を希望した。怪我をしたらお母さんが悲しむ、と敬遠していたのだが、ほかの男子と同じようにあそぶとお母さんが喜ぶ、と考えを変えたようだ。初めて馬乗りに「かぜて」と言ったとき、朝日が発した「いいのか？」の確認に、富樫くんがそう答えたのだった。

「そうだね。西村くんの言う通りだ」

富樫くんが頭を下げた。すごくちいさな声だった。

「おまえ、できんのか？」

カズ坊さんが富樫くんの顔を覗き込む。富樫くんはうつむいたまま、首をひねった。ひねりすぎて、頭が一回転しそうだった。「分かんないけど」とつぶやく。

「分かんないけど、『最後の手段』は最後でないと『最後の手段』にならないし」

したけど、と朝日に視線を寄越した。富樫くんの顔は赤くふくらんでいて、目は少し濡れていた。

「言うのは、本番の前の日でいいかな？」

もし、ハンスやらせないってなったら、ちょっと、と頭を掻いた。困ったような、恥ずかしそうな、泣き出しそうな笑みを浮かべる。

「うん、前の日で」

朝日が応じると、えへへ、と肩をすくめた。紅白饅頭の紅《あか》いのが首の上に置かれたようだった。「『最後の手段』は最後じゃないと」とひとりごちている。

「すごいな」

朝日の口から再度、富樫くんへの賞賛が漏れた。すごい勇気だ。

朝日はいつもお父さんやお姉ちゃんから先生の言うことを聞くように、と言われている。先生には逆らってはならないものと思っている。富樫くんもそうだろう。富樫くんのやろうとしていることは、「逆らう」というのとは色合いがちょっとちがうが、大まかに括《くく》ると同じようなものだ。

朝日がカズ坊さんの口にした「最後の手段」に疑問を投げかけ、「林田先生に言ってみたら」と言ったのは、それをしないと「最後の手段」にならないと、ただそう思っただけで、まさか富樫くんが実践しようとするとは考えもしなかった。

富樫くんは度胸がある。それほどハンス役に真剣に取り組んでいるのだ。朝日は自分の態度を振り返った。王さまのセリフはたったひとつだ。大きな声でハキハキ言えればそれでいいのか、と自問してみたのだが、割合早く、別にそれでいんでないか、との答えが出た。

「じゃ、まー、そういうことで」

カズ坊さんがパンッと手を打った。

『最後の手段』の前に富樫が男を見せるってことで」

と言うと、富樫くんが胸に手をあて、はーと息を吐き出した。

「もうはやドキがムネムネかよ」

カズ坊さんは軽く笑い飛ばしたあと、「そうだろうなぁ」となぜか満足そうに言い、「心配すんなって。案外、カントクが『お。いいこと言うねえ』ってノってくるかもしんないしよ」と付け足した。

「うん」

富樫くんは答え、

「言ってみる、って決めたらなんかスッキリした。けど、なんかちがう感じでモヤッと重くなって、でも、決める前のモヤッよりパッキリしてる」

「なに言ってんだか分かんねー」

カズ坊さんは富樫くんの頭を小突いた。

「どうなっても、おまえにはおれと弟がついてるから」

な、と朝日を見た。

「弟？」

おれか？　と朝日が自分を指さすと、カズ坊さんは「やー失敗、失敗」と床につけていた足を持ち上げた。「つい口がすべっちゃってよ」とツイストを踊るような身振りをする。「ここだけの話」と動きを止め、声をひそめた。

「おれ、夕日と結婚する方向なんだわ」


「なしてよ？」

朝日はひとりごちた。和室で大の字になっている。いっぱいに伸ばした右手のそばにたて笛とハタキが放り投げられていた。さっきまで「朝」を吹いていた。「ぺール・ギュント」第一組曲第一曲「朝」。ごろりとからだを一回転させ、腹這いになった。

「なしてだと思う？」

くろちゃんに話しかけた。くろちゃんはミシンの下で眠っていた。朝日の声で薄く目を開け、ゆっくり閉じる。

朝日は胸のうちで「なしてよ？」と繰り返した。

カズ坊さんに言った言葉だった。反射的に口をついて出た。

「なしてよ、っておまえ」

カズ坊さんは大げさに笑ってみせた。

「おれは実は昔っから夕日を憎からず思ってて、夕日もおんなしきもちだったってことが明らかになって、そんでもって」

と言いかけたところで、「たーっ」と大声を発して照れまくり、「なに言わすんだよ」と腰を浮かせ、腕を伸ばして、朝日を小突いた。腰をおろし、

「あれはいまからおよそ三ヶ月前」

七月の、土曜の夜、と嚙み締めるように話し始めた。

「場所は電気館の前だ」

電気館は町なかにある映画館である。

「夕日とバッタリ会ってよ」

カズ坊さんは鼻を擦った。

「よぅ」

片手をあげ、そのときのシーンを再現した。

「あれ、カズ坊」

あんた、また、用もないのにふらついてんの？　と女の声でお姉ちゃんのセリフを言い、すぐにズボンのポケットに手を入れ、こころもち肩を怒らせ、自分のセリフを言った。

「都通りを巡回中よ。知ってるヤツいねーかなーと思って」

したら、夕日が、とこれは朝日と富樫くんに向かって言い、

「知ってるヤツいたら、どうすんのさ」

とお姉ちゃん役をやり、「まー映画でも一緒に観るべい、ってなるんでない？」と自分役をやり、すかさずお姉ちゃん役に戻った。

「じゃあ、一緒に観る？　映画」

「え、おまえ、だれかと待ち合わせてんじゃないの？」

う。

「待ちぼうけ喰わされたんだわ」

カズ坊さんは、フッと片方の頬で笑った。そのときのお姉ちゃんの表情なのだろ
「なんか相手が急に都合悪くなったみたいで」

と襟足を気怠《けだる》げにさすった。これもそのときのお姉ちゃんの仕草にちがいない。

「ふられたってこと！　ときどきふられるんだ、あたし」

あーあ、ぱっとしない、とカズ坊さんはつんと鼻を上げてから腕組みし、ため息をついた。朝日の目にはお姉ちゃんがそうしているように見えた。

「なんだぁ、それ」

カズ坊さんは素っ頓狂なほどの大声を出した。

「分かってねぇな、そいつ。夕日をもてあそぶなんてよ。夕日のおっかなさを知らねぇんだな」

顎に手をあて、真面目な顔つきでお姉ちゃんを茶化《ちゃか》しているように見せかけて、元気づけようとした自分自身を演じた。

「もてあそばれてなんかないよ」

すかさず無表情でお姉ちゃん役に戻った。言い終わると、うつむき、首をかしげ

た。お姉ちゃんの、なにかこう複雑な、泣き出す一歩手前のような心情が朝日にも伝わった。

「よし、分かった！」

カズ坊さんはパーンと手を打った。

「一緒に映画観るべ。アラン・ドロンか？」

うつむいたまま、こくんとうなずき、「アラン・ドロン」ととてもちいさな声で応じた。カズ坊さんのひとり二役はすこぶるスムーズで、なおかつスピーディだった。

「アラン・ドロンな！　いい男だよな。ま、おれより落ちるけど」

「しょってるね」

と言うこの声も蚊の鳴くようなもので、うつむいたままだった。

「おぅ、しょってしょって重いんだワ」

大荷物を担ぐ身振りをしたかと思ったら、うつむき、肩を揺らし、お姉ちゃんが笑っているようすをあらわした。

「カズ坊はバカだねぇ」

やはりうつむいたまま言った。

「そこでおれが！」

カズ坊さんは再び朝日、富樫くんの順に視線を合わせ、「一世一代のセリフを！」と右手でこぶしをつくった。

「バカかもしんないけど、おれなら夕日を泣かせないから」

ぐっと低い声でささやき、「たーっ」と両手で顔を覆った。そうっと顔から手を放し、浅くうつむく。お姉ちゃんの言ったことを言うのだろう。

「たしかに」

うつむいたままということは、次もお姉ちゃんのセリフだ。

「カズ坊はあたしを泣かせないだろうさ。したけど、笑わせもしないよ、きっと」

「笑ったべや」

「あんなの」

視線を足元に落としたまま、カズ坊さんはポニーテールを払う振りをし、

「笑ったうちに入らないよ。もっと思いっきり、どうかってくらい笑ったり泣いたりしちゃうの知っちゃうとさ、ほかのことみんな、石ころみたいになっちゃう」

と女の声をつくりながらも棒読みで言った。

「実際、おれはよ」

カズ坊さんは朝日と富樫くんを交互に見て、

「夕日の言ってることあんましよく分かんなかったんだけどよ、あの勝ち気な夕日がしょんぼりしてて、あと、その日のつーか、そんな夕日がすげぇキレイだったのは分かったから、踏ん張ったワケよ」

言うが早いか、自分役を始めた。突き出すように胸を張る。

「石ころにも五分の魂」

おれが、と言い、おれの、と言い直し、間をおいた。

「おれのおまえを笑わせる力が弱かったとしてもだ、おれは何度も何度もおまえを少し笑わすことができるのサ。つまりジャブ。ジャブ、すごいんだワ。ファイティング原田《はらだ》をチャンピオンにしたくらいだからな」

おれは、と再度間をおき、

「おまえの新チャンピオンになる」

と橋幸夫《はしゆきお》そっくりに首を動かした。うん、とひとつうなずき、

「したら、夕日が『がんばってみればぁ』だったか『健闘を祈る』だったか、そういうふざけたことを言ったんだけど、おれは夕日が照れてるって分かったから、『おぅ』って胸を叩いたワケ。『一生かけてジャブを打ちつづけるかんな』って宣言したワケ」

キミたちにはちょーっと難しいかもしんないけど、とカズ坊さんはゆったりと足を

組み、「これは、要は、結婚の約束なワケ」とにっこり笑《え》んだのだった。

「ほんとだべか？」

朝日はハタキを手に取り、軽く振りながらくろちゃんに訊いた。くろちゃんは目を開け、ハタキの動きを目で追った。香箱座《こうばこずわ》りをよして、すぐにでも飛びかかれる体勢になる。

帰り際、カズ坊さんは富樫くんに「結婚式にはおまえも招《よ》んでやるから」と言った。富樫くんは「結婚式に出るのは初めて」と喜んだ。

朝日も結婚式には出たことがなかった。初めて出席する結婚式がお姉ちゃんのになるのか、と思うと、心中がモヤモヤした。その相手がカズ坊さんというのもモヤモヤを濃くする。

なんかちがう、という漠然とした思いがどうしようもなく広がるのだった。だって、お姉ちゃんのすっきりとした、日本晴れみたいな笑顔を朝日はまだ見ていない。いつからだったかはもう忘れてしまったけれど、このところずっと見ていなかった。

「だれでもよい。ひめをわらわせたものは、ひめとけっこんをゆるす。われと思わんものは、城にくるがいい」

劇のセリフを口にした。王さまのきもちが分かったような気がした。立ち上がり、ハタキを振り回し、も一度言った。くろちゃんがハタキに飛びつく。見事なジャンプだった。

第六章　朝日、夕日

その夜、お父さんが島田さんを連れてきた。

「いやいやいや、仕事帰りにばったり会ってよ」

玄関の壁に手をつき、片方の足を「く」の字に上げ、靴ヒモをほどくお父さんの後ろで、島田さんが笑いかけの表情で立っていた。

「あっこヨ、村重《むらしげ》さんの前。ぼけーっと突っ立ってたから乗せてきたんだワ」

な？　と上がり口に立ったお父さんが島田さんを振り返った。村重さんは朝日の家から歩いて十五分の歯科医院である。

「ん」

島田さんはようやく靴を脱ぎ始めた。黒い革靴だ。紺色の背広に薄茶色のコートを羽織っている。島田さんも勤め帰りのようだった。島田さんはスキー競技に理解のある建設会社で働いていた。いつも――といっても年に二度か三度のものだが――朝日の家にあそびにくるときの島田さんはくだけた恰好だった。仕事を退《ひ》けていったん帰宅し、着替えてからくるのだった。

「村重さん？」

お父さんの外したネクタイを受け取り、振り回していた朝日は台所に顔を向けた。お姉ちゃんはしゃがんで、くろちゃんがガツガツとゴハンを食べるようすを見ていた。

「村重さんだって！」

聞こえなかったかと思い、朝日はお姉ちゃんにもう一度声をかけた。

「あぁ、うん」

お姉ちゃんはくろちゃんに視線をあてたまま、ちいさく応じた。ガス台と直角の位置、ハイザーの横がくろちゃんのゴハン場所だ。お姉ちゃんは焦げ茶色のスカートを膝の後ろで挟み、頰に手をあてがい、夢中でゴハンを食べるくろちゃんの飛び散らかしたカスをいやに丁寧に拾い出した。

「村重さんがなしたのよ」

お父さんが朝日に訊いた。ふたりは和室に移動していた。

お父さんはシャツと背広をハンガーにかけ、朝日もネクタイをハンガーにかけた。

お父さんは畳にあぐらをかき、靴下を脱いで、朝日に臭いをかがせようとしていた。「くっせー」と鼻をつまみ、その場で息絶えた振りをしてから、朝日はがばっと起き上がり、

「お姉ちゃんも今日行ってきたのサ、村重さんに」

と告げた。「そうだよな?」と台所を振り返ったが、お姉ちゃんからの応答はなかった。朝日はなんだか間がもたず、頭を掻いた。お父さんの脱いだ靴下をわざとらしく指先で持ち、洗濯機に入れようと風呂場に向かいながら大声を出す。

「お姉ちゃんサ、親知らず抜いたんだって。信組早引けさしてもらって、村重さんに行ってきたって」

お姉ちゃんが帰宅したのは、三十分くらい前だった。

「あしたのジョー」が終わるころだった。お父さんが島田さんを連れて帰ってきたのは、朝日がお父さんの観たがる「あなたは名探偵」を阻止しようと「世界ビックリアワー」にチャンネルを切り替えたすぐあとだったから、間違いない。

「お姉ちゃんの親知らず、めんどくさい生え方してたから、時間かかったんだってサ」

風呂場からさらに声を張り上げた。

「へー、そりゃ大手術だったな」

大きな声で応じるお父さんの声が聞こえた。

「混んでたしサ」

お姉ちゃんがしゃがんだまま怒鳴るように言うのを横目で見つつ、居間に戻ると、お父さんはソファに腰を下ろしていた。パジャマの上にお母さんの編んだ毛糸のチョッキを着ていた。

「まだ痛《や》むから、晩ごはんはうどんなんだって」

朝日はお父さんの真向かいにあぐらをかいた。ちょっと眉をしかめている。朝日にしてみればうどんは土曜の昼の食べ物だった。お姉ちゃんの事情は察しているつもりだったが、平日の夕食にうどんが出てくるのはなんともさみしかった。

「んじゃ、店屋物とっか！　お姉ちゃんもそのほうがラクだべ？　な？」

お父さんが首だけで台所を振り返った。お姉ちゃんが頬に手をあて、立ち上がる。空いている手でうなじにかかった髪の毛をさわりながら居間まで歩き、電話台の下から各種店屋物のメニューを取り、お父さんにわたした。朝日は「やったー」とバンザイし、お父さんの後ろに回った。

ソファの背にまたがり、暴れ馬に乗るカウボーイのように上半身を揺すってから、お父さんの手にしたメニューを覗き込む。

「島田はなにがいい？」

あれ、島田？　とお父さんは島田さんを目で捜した。

島田さんは居間の入り口に立ったままだった。かろうじて玉暖簾《たまのれん》よりは前に出ていた。左手はコートのポケットに入れ、右手で玉暖簾の茶色い玉をいじっている。お父さんと目が合い、「あ、どうも」というふうに軽く頭を下げた。

「なにやってんだァ、おまえ」

なしたのよ、こっちこいや、とお父さんがソファの座面を叩いた。叩きながら頭上の朝日に向かっておどけ顔をこしらえ、くくくっと笑って島田さんを指さした。

「島田さんも親知らず抜いたのか？」

朝日が訊いた。「あ、いや」という島田さんの返事を無視して、お父さんが「島田も歯がアレなら結局うどんか」とカネマル食堂のメニューを朝日に見せる。カネマル食堂は蕎麦《そば》うどんカレーライス丼物、なんでも届けてくれる。

「おれ、鍋焼きうどん」

朝日は即決した。カネマル食堂の鍋焼きうどんなら、平日の夕食でもさみしくない。でっかいエビの天ぷらが載っている。それに、おつゆをたっぷり含んだ大きな麩《ふ》。すごく熱いからちょっぴりずつしか食べられないが、朝日の大好物だ。

「おれ、モチも入れたい」

お姉ちゃん、うちにモチあったか？　と訊ねたら、「ないよ」とすぐに答えが返ってきた。帰宅してからずっとお姉ちゃんの声はくぐもっていた。親知らずを抜いたあとにワタを詰めているからだそうだ。

お姉ちゃんは台所に戻り、調理台をふきんで拭いていた。冷蔵庫の上で見知らぬ客人を警戒しているくろちゃんに目をやり、「わたしは卵とじうどん」と言う。

「おれはカツ丼とざる。島田は？」

お父さんが島田さんに訊いた。島田さんはいつものようにお父さんの隣に腰をおろしていた。脱いだコートはたたんでソファの肘掛けにおいている。

「お姉ちゃん、島田のバーバリかけてやって」

お父さんがお姉ちゃんに言った。お父さんはコートのことをバーバリと言う。

「島田はなに？」

お父さんが再度島田さんに注文を訊いた。お姉ちゃんがソファに近づいてきた。

「なんにする？」

四回目に訊いたとき、お姉ちゃんは島田さんのコートを手に取った。島田さんは口のなかでモゴモゴとお礼を言い、お姉ちゃんは唇を結んだまま顎を跳ね上げるうなずき方をし、さっと踵を返した。

居間と玄関を繋ぐ廊下の壁に打ち付けた木製の横長のハンガーラックに島田さんのコートをいささか手荒にかけるようすを、島田さんが目で追う。ぼんやりとした目と顔つきだったので、見つめるというより漫然と眺めているようだった。

「島田？」

島田さんはゆっくりとお父さんに目と顔を戻した。口元がほんの少しゆるんでいた。薄く笑っているようだ。

「おれもカツ丼とざるで」

普通の声で答えた。そうだ、普通の声だ。朝日は「あれ？」と思った。なぜかは知らない。だが、島田さんが普通の声を発したのが奇妙に思えた。

お父さんがカネマル食堂に注文の電話を入れた。受話器をおいて、そういえば、というふうに島田さんに訊ねた。

「村重さんとこで夕日と会ったんでないか？」

「うん、まあ」と答える島田さんの声に「会ってないよ」というお姉ちゃんの声がかぶさった。と、お姉ちゃんが口のなかのものをプッと流しに吐き捨てた。朝日からは背なかしか見えなかったが、それが親知らずを抜いたあとに詰めたワタだと分かった。血を吸って真っ赤になった丸いワタだ。

歯を抜いたあとに詰めたワタを吐き出す感覚を朝日は知っていた。乳歯を「虫歯だし、どうせ抜けるし」と村重さんに抜かれたことがある。「男だから」との理由で麻酔をかけてもらえなかった。ヤットコによく似た器具でぐいっと抜かれた。

真っ赤なワタを吐き出したとき、よだれが糸を引いた。なかなか切れなくて、ちょっと焦《あせ》った。よだれがあんなに強くて粘り気があるとは知らなかった。もっと気になったのは、歯を抜いたあとの穴ぼこだった。歯を一本抜いただけとは思えないほど大きな穴ぼこだ。歯は、よほど深く根を張っていたのだった。

つい舌先でさわってしまう。穴がある、と思う。そこに穴がある、と知っていながら朝日の舌は幾度も探った。気がつくと探していた。そうしていつも穴ぼこは思った以上に深く、大きいのだった。

「どっちだよ」

お父さんが立ち上がった。台所に行き、冷蔵庫を開ける。冷蔵庫の上にはくろちゃんがいた。いつのまに移動したのか、からだを丸めてあたりをうかがっていた。

「歯が痛くてサ、気がつかなかったよ」

流しにいたお姉ちゃんはくるりとこちらにからだを向けて、腕を組んだ。

「あ、おれも声かけなかったしな」

島田さんは股のあいだで組んだ手を見ていた。口元は相変わらず薄く笑ったかたちをしていた。

「ふうん」

お父さんが冷蔵庫の上のくろちゃんの喉をちょっと撫でてからビールを取り出した。居間に戻る途中で茶だんすからコップをふたつ出す。樽《たる》を模したガラスのコップで、割合太い持ち手が付いている。

「ま、どっちでもいいけどよ」

言いつつソファに座り、お姉ちゃんに栓を抜く身振りをした。お姉ちゃんが怠そうに流しの引き出しから栓抜きを出し、朝日を呼ぶ。朝日がそばに行くまで力なく伸ばした手に栓抜きを持っていた。

「痛むのか？」

栓抜きを受け取り朝日が訊くと、

「まぁまぁ」

と細く長い鼻息を漏らした。糸を引くよだれみたいなやつだ。強くて粘り気のあるやつ。

だいぶ痛むんだな、と朝日は思った。かわいそうに。

どこか痛いところのある人はかわいそうだ。見ているこっちのこころが、雨にふられたときのくろちゃんの毛みたいにへたってしまう。なんとかしてあげたくなるけれど、なんにもできない。そのもどかしさが高まると、わずかに煩《わずら》わしくて、いっそ代わってあげられたらという気がしてくるのだが、自分が痛くなるのはやっぱり少しいやで、だからもっと焦れったくなり、ふぅっ、と、ため息が漏れる。

酒屋から景品でもらった鉄色の栓抜きを握り、居間に戻りながら島田さんに訊いた。

「歯、抜かなかったのか?」

後方からお父さんに栓抜きをわたし、ソファの背に両手をおいた。腕を伸ばしていき、座面を手のひらでおさえた。足が浮いて、朝日のからだはでんぐり返しの途中のような、ソファの背にかけた洗濯物のようなかたちになった。

「あぁ、うん。おれはチョコチョコっと削っただけで」

島田さんはお父さんにビールを注いでもらっていた。ビールが泡立ちあふれそうになり、島田さんは「おっとっと」とすぼめた唇をコップに近づけ、泡ごとズズッと吸い込んだ。手の甲で口元をぬぐい、お父さんと乾杯をし、本格的にビールを飲んだ。

ごくっ、ごくっ、と喉仏《のどぼとけ》が動く。朝日は逆さまになっていたので、島田さんの喉仏が逆さまに見えた。

「痛くないのか？」

そう訊ねたのは島田さんがコップをテーブルにおいたのと同時だった。

「え？」と島田さんが訊き返した。日に灼けた黒い顔を朝日に近づけてくる。大柄な島田さんは顔も大きい。鼻も大きめだ。下向きの矢印みたいなかたちをしていて、四角い顔の真んなかに座っている。

「痛くないのか？」

再度、訊いた。島田さんの口元がゆるんだ。さっきからずっとゆるんではいたのだが、そのゆるみが一段階進んだ。

「痛くないんだな」

朝日が言うと、島田さんは目を細めた。ゆるんだような細め方だった。フッ、と短く笑い、

「痛くないってことはないな」

と落ち着いた声で答えた。

朝日は、今日、初めて、島田さんの声を聞いたような感じがした。このときまでは腹に力が入っていなかった。なにを言っても生返事のようだった。

「うん、痛くないってこたぁないわ」

繰り返す島田さんの声は低く、地中から這い上がってくるように聞こえた。逆に潜り込んでいくようでもあった。ひとりごとみたいな口調だった。島田さんは朝日と話していたのだが、実は、島田さん自身と話をしているのかもしれない。

「けっこう深いとこまで削られたからよ」

そう言った声には軽みがまじっていた。なかなか開かなかった瓶の蓋が開きそうになったときの、あの、軽くなった手応えが朝日の胸によぎった。

「さっきチョコチョコっと削られただけって言ったでないか」

朝日も少しだけ笑った。頭を振り、ソファの座面に擦り付けるようにする。熱くなり、髪の毛が逆立つような気がした。ちょうど、脇の下で擦った下敷きを頭に載せたみたいに。

「大の大人が痛いだの痒《かゆ》いだの言えんべ。アヤ悪いべ」

今度の島田さんの声はちょっと尖っていた。急ぐような早口でもあった。

「アヤ？」

朝日が訊くと、

「カッコ悪いって意味」

とお父さんが答えた。

「麻酔だ」

空になった島田さんのコップになみなみとビールを注ぐ。台所を振り返り、声を張る。

「お姉ちゃんは？　麻酔、一杯、どうだ？」

「お姉ちゃん、麻酔だって」

朝日も体勢を戻し、台所を振り返った。

お姉ちゃんは流しのふちに腰かけるようにして寄っかかっていた。くろちゃんを赤ちゃんみたいに抱いていた。くろちゃんに顔を押しつけ、なにか言った。いったん顔を離してから、また言った。朝日はちらと覗いたお姉ちゃんの唇の動きを「バカみたい」と読んだが、当たっているかどうかは分からない。

「麻酔ね」

お姉ちゃんはくろちゃんを床に下ろし、冷蔵庫を開けた。ビールを取り出し、ヒマワリの模様の入った自分のコップを手に居間にやってくる。

テーブルを挟み、お父さんと島田さんに対面して正座し、ビールとコップをドン！とおいた。

「なーに怒ってんのよ」

お父さんが笑いながらお姉ちゃんにビールを注いだ。

「怒ってないよ」

仏頂面でお姉ちゃんが答える。

「怒ってるでないか」

お父さんが愉快そうにお姉ちゃんを指さした。

「な、島田」

と島田さんに同意を求める。島田さんが顎に手をあて、かすかにうなずいた。生返事のようなうなずきようだった。口元のゆるみも同じ。空中にただよう綿ぼこりみたいな笑い方だ。

「怒ってないって」とお姉ちゃんがビールを飲み始めた。顎を上げ、喉をそらし、「麻酔」を入れる。

「お姉ちゃんは怒ってないぞ」

朝日はソファの背を両手でぎゅっと摑んでいた。

「痛いだけだ」

と言ったら、お姉ちゃんが下を向いた。涙がポタポタ落ちてきた。肩が震えていた。こんなに痛そうにしている人を、朝日はこれまで見たことがなかった。

いや、あった。

まだ暑かったときだ。夏だ。七月だったか八月だったか、おばあちゃん家に泊まりに行った夜。夜中。お父さんのいびきで目を覚ましたら、お姉ちゃんがふとんのなかでさなぎみたいに丸まっていた。う、う、う、とちいさな泣き声が聞こえた。

あのとき、朝日はどうしていいのか分からなかった。でも、なにかしてあげたくて、だから、お姉ちゃんの頭を撫でた。

その後も、朝日はお姉ちゃんになにかしてあげたかった。

ずっとそう思っていたような気がする。

毎日、一秒もかかさず思っていたわけではない。ほとんどの時間は忘れていたけれど、お姉ちゃんのお腹が減ったような声を聞くと、そう思った。お姉ちゃんの作り物みたいな、いんちきな笑い方を見ると、そう思った。

いまもそう思っている。だけどやっぱりどうしていいのか分からない。お姉ちゃんが泣いていて、いやにシーンとした居間で、なにを言えばいいのか。というより、自分はなにを言いたいのか。さっきから探しているのだが、なかなか摑めない。頭のなかが痒くて、生え際を掻いた。

溝口理容室で見かけたあの子の顔がふと浮かんだ。

明るい月のように浮かび、朝日の胸を照らした。

おばあちゃんの顔も浮かんだ。ふたつめの月だ。

「その子にでなくても、そやって言いたくなったら言えばいいんだわ」

おばあちゃんの声が耳のなかでよみがえった。あの子にかけたかった言葉をおばあちゃんに教えたときにもらった返事だ。おばあちゃんは「今度会ったら、そやって言ってやればいいさ」と言い、「なーんもその子にでなくてもいいのサァ」とつづけたあと、そう言ったのだった。

おばあちゃんの返事を聞いても、朝日のきもちはすっきりしなかった。軽くはなったが、解決しなかった。

なぜなら、朝日があの子にかけたかった言葉は、そのときの朝日のきもちと完全に合致していなかった。きもちを言葉にしようとあれこれ探した結果、たしかにいちばん近いやつではあったが、鼻の奥がツンとなる素がドクドクあふれて大蛇みたいにうねる自分のきもちには間に合っていないというか、足りないというか、そんな感じだった。

「そんな感じ」はしばしば朝日のなかで湧き上がる。

もしかしたら、いつも、かもしれない。だれかになにかを言おうとするときは、いつも、ちょっと不自由だ。朝日の口にする言葉は、いつも、ちょっとずつきもちに間に合わない。

くろちゃんに話しかけるときは少しちがう。間に合わなさを感じないわけではない。だが、ひとにたいするときよりは、口から出る言葉ときもちがひとつになっているように思う。

くろちゃんは聞いているんだか聞いていないんだかハッキリしないし、聞いたところで返事はしない。朝日がくろちゃんに話しかけるのは、ひとりごとに毛のはえたようなものだが、ひとりごとでは断じてない。くろちゃんは、朝日の言葉をきもちごと吸い込んでくれる。

「おれ、今度、劇、出るサ」

朝日の口から出たのは自分でも意外な言葉だった。

「おう」

お父さんが応答した。

「こいつ、王さまやるんだと」

朝日を指さし、島田さんに説明した。

「王さまか」

すごいな、と島田さんが言い、お父さんが「なんもセリフ一個だけよ」と朝日に代わって謙遜し、「でも王さまは王さまだ。な」と朝日の頭を揉むように撫でた。

朝日はソファの背からおり、その場に立った。ソファの後ろ側だ。そこから歩いて、テレビの前に移動する。片手を腰にあて、もう一方の腕を伸ばし、水平に動かした。お父さん、島田さん、お姉ちゃん。三人を順に見ながら、お腹から声を出す。

「だれでもよい。ひめをわらわせたものは、ひめとけっこんをゆるす。われと思わんものは、城にくるがいい」

自分でも驚くほど上手に言えた。王さまのきもちが朝日のなかに入り、セリフではなく、こころからの言葉として、朝日の口から出た。朝日はひめを思う王さまであり、王さまはお姉ちゃんを思う朝日だった。頰がほてった。なんとも形容しがたい興奮と感動が込み上げてくる。

「よっ」

お父さんが拍手した。盛大に手を打ちながら、島田さんを見る。つられて島田さんも拍手した。最初は手のひらを合わせる程度だったが、だんだん強くなった。わずかに首をかしげていて、ようやっと笑っていますという表情だった。

お姉ちゃんはまだ下を向いていた。ひゅっと息を吸う短い音が聞こえた。ずずっと洟を吸い上げる音も聞こえた。

朝日はゆっくりとうなだれた。からだが紙のように薄くなった感じがする。失敗した、と、そう思った。

喜んでいるのはお父さんだけだった。お姉ちゃんのようすは変わらないし、島田さんのようすも相変わらずどことなく奇妙なままだ。

「あのサ」

挽回しようとして朝日の口から飛び出たのは、またしても意外な言葉だった。

「お姉ちゃん、結婚するんだって。カズ坊さんと」

ビールを飲んでいたお父さんが、ブッと吐き出した。手の甲で口元をぬぐい、朝日に言った。

「おまえ、いま、なんつった？」

「さっき、富樫くんとカズ坊さんがあそびにきてサ。富樫くん、ハンスを自分の思うようにやりたいって先生にお願いすることにしたんだ」

「いや、富樫くんとかハンスのことでなくてよ。カズ坊が夕日と結婚するって言ったのか？」

「言ってた」

「夕日が？　カズ坊と？」

なしてよ、と思わず笑いかけ、お父さんは床につけた足を片方浮かせ、つま先をお姉ちゃんに向けて動かし、訊いた。

「ほんとか？」

お姉ちゃんはうつむいたきり、答えなかった。

「まぁ、カズ坊も最近真面目に仕事してるようだし、おまえら幼馴染みみたいなもんだから気心も知れてるだろうしよ」

お父さんは小声で言ったあと、「しっかし、カズ坊かー」とソファの背にからだをもたせかけ、天井を仰いだ。

「んでも、まぁ」

とからだを起こし、

「夕日がいいなら、それでいいべ」

と島田さんに言った。

島田さんは、朝日の見たことのない顔をしていた。ぼうっとしているような、怒っているような、笑い出しそうな、困ったような、そんな顔だ。全体の印象としては気味が悪いほど静かだった。朝日の知っている大人の表情や雰囲気と照らし合わせると、カミナリを落とす直前のお父さんのそれにもっとも近い。感情が爆発する寸前の張りつめた感じがする。

島田さんが息を吸い、そして吐いた。深い呼吸だったらしく、厚い胸が動いた。

「夕ちゃんがいいなら、それでいいべ」

お父さんと同じことをゆっくり言った。落ち着いた声だった。島田さんはいつもお姉ちゃんを「夕ちゃん」と呼ぶのだが、このとき発音した「夕ちゃん」は朝日がいままで耳にしたなかでいちばんやさしい「夕ちゃん」だった。

「夕ちゃんがそう決めたんなら、おれら、なんも口出しできんべ」

とつづけ、

「夕ちゃんが、自分で、そう決めたんだから」

と繰り返した。とても大切なことを言っているようだった。真剣な顔つきに変わっていた。

「なんだぁ、島田。ふられたみたいな顔して」

お父さんがおもしろそうに茶化した。

そのときだ。

居間の空気が動いた。

裂け目ができたように朝日は感じた。

それはたぶん、島田さんの表情による。

島田さんはギクリ、という音が聞こえるような表情を一瞬、見せたのだった。

「おれもよ。ふられたみたいな気するわ」

お父さんが少し急いで言った。

「ふられた、ふられた」

島田さんも急いでお父さんの調子に合わせた。

「夕ちゃんはおれの娘みたいなもんだから」

こんなときから知ってるしな、と手のひらでちいさなこどもの背丈をあらわした。

やはり急いでいた。居間の空気にできた裂け目をできるだけ早く修繕したいようだった。

お姉ちゃんがセンターテーブルに突っ伏した。コップを持ち上げたあとだった。「麻酔」の入ったコップを口元に持っていったのに、お姉ちゃんの唇は糊付《のりづ》けされたようにひらかなかった。かたく結んだまま、ただもぐもぐ動かしていたのだが、えいっというふうにコップをテーブルにおき、顔を伏せたのだった。

「なんだおい、照れてんのか？」

お父さんが声をかけた。わざとふざけたように聞こえた。

「なんも」

お姉ちゃんは腕におでこを擦りつけるようにして首を振った。

「カズ坊の勘違い！」

そう怒鳴り、肩を震わせた。かさついた笑い声を長く響かせる。

「バッカみたい」

と吐き出したら、沈黙した。「バカみたいだ」とつぶやいたと思ったら、勢いよく顔を上げ、

「朝日のおしゃべり！」

と睨んだ。お姉ちゃんの目は充血していた。まぶたと目尻がただれたように赤い。

「朝日もカズ坊もあることないことペラペラしゃべって。男のくせに」

朝日を見つめた。顔はむくんでいたが、表情は引き締まっていた。

「肝心なことは言わないのにサ。いっちばん大事なことは言わないように用心してサ。ケチくさいよね。ケチっていうの、そういうの」

お姉ちゃんは朝日に視線を合わせたままだった。朝日が逸《そ》らそうとしたら、目で追いかけてきた。

「しゃべんないか、しゃべりすぎるかのどっちか。言ってもらいたくないことは言うのに、言ってもらいたいことは言わない」

バッカみたい、と破くような大声を発し、ビールをあおった。足りなくて、瓶から注ぎ、また飲んだ。

「酔っぱらったんだべか」

お父さんが島田さんに耳打ちした。島田さんがかすかに首をかしげた。ふたりとも顔を強張《こわば》らせていた。なんとかしてゆるめようとしているようすで、結果、ふたりは、薄笑いという表情に近づいていった。

朝日はお姉ちゃんを見ていた。お姉ちゃんはもう朝日を見ていなかった。にらめっこするみたいに空のコップを見つめながら、口を動かしている。声になるかならないかの音量だった。なにを言っているのか、朝日は知りたかった。だから、訊いた。

「なに言ってんだ？」

お姉ちゃんがゆっくりと朝日に顔を向けた。

「なんも」

と口のはたを片方上げる。お父さんと島田さんを目玉で一瞥《いちべつ》し、「ふられたとか酔っぱらったとか」と言い、「ごまかしてばっかり」とちいさな声でつづけ、

「バッカみたい！」

と、この日いちばんの大きな声を出した。身を乗り出し、嚙み付くように叫んだ。嚙み付き先はお父さんと島田さんだった。顔はふたりの中間くらいに向けていたが、視線は島田さんにあてられていた。その証拠にお父さんが島田さんに目をやった。島田さんは揺すられたように何度もうなずいていた。

すーっと手を上げ、ひたいに滲んだ汗を拭く。「まぁまぁ」と口元が動いたような気がした。笑おうと顔の筋肉を動かしたような気もした。だけどもそれらをあきらめたように息をつき、頬に手をあてた。

「言えないこともあるべ」

静かに言い、

「ごまかすこともあるべ」

とあたたかな声でつづけ、

「なんでもかんでも夕ちゃんの思う通りにキッチリいかんべや」

と頰から手を外し、背中を丸めて、股のあいだで組んだ。

島田さんはお姉ちゃんを見ていた。分かってほしいというか、教えるというか、なだめるというか、そういう目をしていた。

お父さんがビールを飲んだ。ぐび。喉を通る音。トン。コップをテーブルにおく音。つけっぱなしのテレビの音より響き、朝日の耳に残った。そのふたつの音が朝日の耳から消えたころ、お姉ちゃんが口をひらいた。

「あー、今日は散々だわ」

自分のほっぺたを両手で叩いている。

「歯は抜くわ、朝日にデマを吹聴されるわ」

ほっぺたを両手で包んだまま、テーブルに肘をついた。盛り上がった涙の玉を小指で拭き取る。

「まだ痛むのか?」

お父さんが訊いた。久しぶりに声を出したひとのような声だった。

「そうでもないよ」

お姉ちゃんは両方の小指で目を横に引っ張った。新しい涙が垂れる。

「したら、泣くなや」

お父さんの声は、朝日がまだちいさかったころ、寒い冬の晩に朝日の足を自分の足で挟み、「あったかいべ」と言った声に似ていた。

「うちのお姉ちゃんはこどものときから、こうやってときどき癇癪《かんしゃく》起こしたり、いじけたりするんだわ」

島田さんに向かって片手をあげて手刀を切る身振りをし、浅く頭を下げた。

「女の子は難しいワ、おれなら、もう、全然ワケ分かんないもな」

とわしゃわしゃ頭を掻きながら大きな口を開けて笑ってみせ、朝日に、

「お、『あなたは名探偵』始まってるでないか」

とテレビのチャンネルの切り替えを促した。「あなたは名探偵」はクイズ番組で、前半はドラマ放映、後半はスタジオに呼ばれた有名人が犯人を推理する構成だった。犯人は最後に明かされるので、お茶の間でも推理に参加できる。

「おれ、けっこう犯人あてるのうまいんだわ」

お父さんが島田さんに自慢した。島田さんは「へえ」と応じた。こころがここにな

い、その場しのぎの会話に聞こえた。

「こう見えて、おれ、見破るんだって。犯人がどんだけ隠そうとしてもバッチリ推理するんだって」

お父さんはひとつふたつうなずいて、ビールを飲んだ。お姉ちゃんがうつむき、鼻息を漏らす。ほぼ同時に島田さんが口をひらいた。

「そうかぁ？」

「そうだよ」

お父さんは即座に返した。島田さんの目を見る。じっと見る。

「おれは見破るのが得意なんだ」

「そうか」

島田さんはお父さんから視線をずらした。その前にこめかみがひきつったように動いた。

お父さんは黙って島田さんを見ていた。

「なんだよ？」

島田さんが視界のはしでお父さんをとらえながらひとりごちたら、お父さんも、

「なんだよ？」

と返した。島田さんがもう一度「なんだよ」と語尾を下げたら、鼻息を漏らし、立ち上がった。

「島田、帰るか」

そこまで送るわ、と玄関に向かった。

「悪いな」

と島田さんを振り返り、島田さんのコートを放り投げた。

島田さんはコートを抱え、腰を上げた。だれにともなく頭を下げる。頭を上げ、目を細めてお姉ちゃんを見たあと、朝日に視線を移し、「劇、がんばってな」と言った。

「おう」と朝日が答える前に島田さんは居間をあとにした。

ガチャ。玄関ドアの開く音。お父さんはもう外に出たらしい。ガサガサ。身支度の音。ズズッ。島田さんが靴を履き、すり足で三和土《たたき》を歩く。ガチャッと玄関ドアを開けたら、ガンッ。なにかが玄関ドアの外側にぶつかった。家が揺れたような感じがした。それが二、三度つづいた。

お姉ちゃんの肩が小刻みに震えた。お姉ちゃんは顔を伏せていた。だから、涙をこらえているのか、忍び笑いが漏れたのか、朝日には区別がつかなかった。どちらにしても痛そうだった。お姉ちゃんは、いま、すごく痛そうだ。

朝日は洟をすすり上げた。鼻の奥がツンとなる素が胸のなかで熱を持ち、ふくらんだ。なぜか謝りたいきもちもパンパンになっていて、このふたつが爆発しそうで、顔が赤くなっていく。熱くてたまらない。ロケットみたいに発射しそうだ。

「ごめん」

なさい、と言った。口がほとんどひらかなかった。声もか細いものだった。抑揚もなく、つまり、朝日がお姉ちゃんに叱られて、「ごめんなさいは?」と催促され、しぶしぶ謝るときの言い方にそっくりだった。

「なにが?」

お姉ちゃんの言い方も朝日とよく似ていた。

「なんも」

朝日は答え、居間のドアに目をやった。手のひらをズボンの脇で拭くようにする。忙《せわ》しくそうしていたら、どこからともなくくろちゃんがやってきた。朝日の手の動きに興味津々のようすだ。からだを縮こまらせ、お尻を振り、飛びかかる体勢に入る。朝日は手の動きを止め、サッとくろちゃんを抱き上げた。あたたかで柔らかな肉の感触がくる。生き物の手ざわりだ。

あそびたい気分でいっぱいのくろちゃんは、朝日の腕のなかで少し暴れた。朝日はそんなくろちゃんの首の後ろに鼻をうずめ、しっとりとした毛のにおいをたっぷり吸い込んだあと、まだ熱い頰を擦り付けた。

たぶん、朝日が謝りたいのは、自分がなにもできないことだ。それと、カズ坊さんの話題を提供したこと。

カズ坊さんの話をしてから、居間の雰囲気が本格的に暗くなった。もともと、いわくいいがたい、重たいムードが充満していたのだが、朝日の発言をきっかけに流れができた。きつい傾きを走る水がぐんぐん速度を上げていったようだった。

見る間に「大人の時間」になったのだった。朝日が眠りについたあとにきっと出現する「大人の時間」が幅を広げたようだった。

「大人の時間」は朝日が起きているあいだにもたまにあらわれる。大人だけが、そのとき、そこで起こっていることを理解する時間帯だ。なにげない会話の隙間や沈黙に「意味」がつく。「意味」は言葉じたいにもついていて、それらを朝日は感じることはできるのだが、その「意味」までは分からない。それでも「意味」の意味するところは知っている。こどもは分からなくていい、ということだ。こどもは口を出すな、ということ。こどもは仲間に入れない。

おれもかぜろ、と朝日は思う。「意味」を知りたいというより、仲間外れにされるのがいやだ。仲間外れにされると、それまではお情けで仲間に入れてもらっていたような気がしてくる。


「ごめんね」

お姉ちゃんがつぶやいた。

「なにが？」

訊くと、お姉ちゃんは「なんか」と答え、「なんも」と言い直した。朝日はくろちゃんの毛にむしゃむしゃとおでこを擦り付けた。

「意味」が分からない。

でも、分かるような気もする。

お姉ちゃんは、痛がっている自分を謝りたいのかもしれない。風邪で熱が出たときもお姉ちゃんは謝る。ごはんの支度ができない上に、心配をかけたと言って。

「お姉ちゃんは『ごめんなさい』しなくていい」

くろちゃんの毛にうずめていた顔を離して、大声を発した。くろちゃんが朝日の腕から一瞬、躍り上がっておりた。お姉ちゃんがゆっくりと顔を上げた。充血した目で朝日を見る。

「ありがと」

かすかに笑った。ほんのわずか表情をゆるめただけだったが、ちっともわざとらしくなかった。ゆるめたというより、ゆるまったというふうで、ほほえみがこころのなかから浮かび上がったようだった。ちいさめではあったが、日本晴れの笑顔と言ってよかった。

ぱっ、と朝日の目がかがやいた。あ、と口がひらいた。

フフッと笑い声のような鼻息が出て、顔がだらしなくゆるんだ。顔だけでなく、からだもゆるんだ。朝日は背骨のないひとのように上半身を横に倒し、だらりと伸ばした腕を大きく振った。

「なーに照れてんのサ」

お姉ちゃんがテーブルに肘をついて、膝をくずす。スカートの裾を直して、「へんなの」と言った声は、ほぼいつもの声だった。お腹の減っていない声。それがお姉ちゃんの声。

「なんも、もちょこいだけだ」

背中を掻く真似をして、家のなかを見回した。テレビ、和室、廊下に出るドア、台所と移った朝日の視線が和室に戻る。ミシンの下にくろちゃんがいた。クッションに座り、丁寧にからだを舐めている。

朝日はくろちゃんに近づき、そのそばでうつぶせになった。

「いかったな」

くろちゃんだけに聞こえるように語りかけた。

お腹のなかではもっとたくさん語っていた。

お姉ちゃんに元気が出てきた。真っ暗だったお姉ちゃんの部屋に電気がついたようだ。いや、カーテンを開けたのかもしれない。とにかく、そんなふうだった。光の差し込む部屋でまぶしそうに目を細めるお姉ちゃんが、目に浮かぶ。

仰向けになり、頭の後ろで手を組んだ。片方の膝を立て、そこにもう一方の足をのせ、つま先を動かす。はたと止め、首をやや持ち上げた。

お仏壇を見る。紫陽花《あじさい》に頬を寄せるお母さんの写真。「いかったな」。こころのなかで語りかける。たぶん、お母さんは悲しんでいた。お姉ちゃんがお腹の減った声を出しているあいだ、ずっと。朝日と同じように。

玄関の開く音がした。つづいてお父さんの声。

「おーい、出前、きたぞ」

朝日は飛び起き、玄関に行った。お姉ちゃんもついてきた。

「出前、出前」と言いながら、お父さんが靴を脱ぐ。目玉で朝日を見て、それからお姉ちゃんを見た。お父さんの目玉は油で濡れているようにぎらついていた。さっきまでの朝日みたいにロケットが発射しそうな顔をしていた。「出前、出前」と繰り返し、外股で居間に入っていく。

朝日とお姉ちゃんとで出前を居間に運んだ。お姉ちゃんが財布からお金を出し、カネマル食堂のおじさんが「はい、どうも」とお釣りをわたし、「明日の昼前には取りにくるから」と玄関ドアを閉めた。

四人分の出前がセンターテーブルに並んだ。

「これはあしたの朝」

お姉ちゃんがカツ丼をひとつ、台所に下げた。食卓におき、

「お父さん、お蕎麦から食べてね。お父さんのカツ丼も余ったらあしたの朝ごはんにするから」

あ、無理しないでよ、カネマルさんのお蕎麦は盛りがいいからふたつ食べたらお腹いっぱいになるっしょ、と居間に戻り、お父さんの頼んだカツ丼も台所に下げようと

した。

「喰ってみないと分からんべ」

おれはカツ丼も喰いたいんだ、なあ、朝日、とお父さんが不満げに口を尖らせる。

「カツ丼食べて、お蕎麦残すのはだめか？」

朝日がお父さんの加勢をしたら、お姉ちゃんは即答した。

「お蕎麦はのびるっしょ。のびたお蕎麦なんて食べられたもんじゃないもね」

「冷たいカツ丼も喰えたもんじゃないべや」

お父さんが異議を唱えたら、「お蕎麦よりマシ」と断じた。お姉ちゃんにはかなわないません、というふうにお父さんが朝日に向かって「うへぇ」の顔をしてみせる。その顔はもうロケットが発射しそうではなかった。

島田さんはいなかったことになっていた。その「意味」が朝日にはよく分からない。でも、きつい傾きを走っていた水が、ゆったりと広い場所に出たのは肌で感じた。「ペール・ギュント」第一組曲第一曲「朝」が聞こえてくる。

そうだ、朝だ。いま、太陽がのぼったようだ。元に戻っただけなのに、こんなに新しい気分になる。朝はいいな。すごくいいな。おれ、朝日って名前でなまらいかった。

箸をおいた。和室に放り投げていたたて笛を取りに行こうと席を立つ。

「朝日！」

背なかにお姉ちゃんの声があたった。振り向いたらお父さんが追いかけてきていて、「メシ喰うときくらいおとなしくしてろ」と頭をひとつはたかれた。

解説

荻原 浩

解説文ってやつを書くたびに思う。

これを読んでいる人はいったいいま、どういうシチュエーションなのだろうと。

この本『ぼくは朝日』の本篇を読み終えてから読んでいるのか。もしくはまだ読む前、たとえば本屋さんで立ち読み中で、買うかどうかを解説を読んで決めようなんて考えてらっしゃるのか。あるいは解説なんぞ読む気もなくて、すでに本は閉じられていて、この文は独り言なのか。

あなたはどのタイプ？

A．もう読み終えた方には、映画を見終えたあと、近くのコーヒーショップで上演中には喋《しゃべ》れなかったことを語り合うように解説しましょう。

B．まだ読んでない。読もうかどうか迷っているという方は、この先はネタばらしが多ぅございますのでご注意を。そこが本屋さんで立ち読み中なら迷わずレジへ。いやいやそう簡単に八八〇円は払えないとおっしゃるなら、とりあえず18～19ページを読んでみてください。本の解説を引き受ける前には、まず原稿が送られてくるわけだが、僕は第一章のこの朝日と富樫《とがし》くんの会話を読んだだけで「やらせていただきます」と返事してしまった。

C．解説なんて読まないという人は――ってどうせ読まないんだから、どーでもいいか。もしもこれを誰も読まないのであれば、どれほどラクなことか。ここから先は文末まで、るるるるるるる、とかテキトーに文字数稼ぎして終わらせちまうんだけれども、こいつは何をだらだら書いているんだ、いつ解説が始まるんだ、とイラついていらっしゃるそこのあなたのために続けましょうとも。

あ、まだ読んでなかったヒト、もう読み終わりましたか？

くだらない前ふりはもういい、早く始めろ？　はいはい、ただいま。

では。

いいよね、朝日くん。

すべてが愛らしい。

ところかまわず、たて笛吹いちゃう。たぶんちょっと緊張している時とか怒ってる時。

大人にも北海道弁のタメ口。ただし親しい人だけ。親しくない大人との会話シーンは少ない（おそらくうまく喋れなくて無口になってる）。

ひねくれているようで純粋で、ちょっとバカで落ち着きがなくて、でもちゃんと人の気持ちを思えて、優しくて。

猫のくろちゃんとのコンビになると、可愛らしさ×2。最強だ。ハタキでねこじゃらしをする場面なんか、読んでいて、ほっぺたが落ちそうになる。だからよけいに、〈朝日とくろちゃんには、歳の離れたひとたちと暮らす、お母さんのいない者、という共通点がある〉

という一節は、せつなさ×2だ。

近くで暮らすおばあちゃんとのかけあいもいい。

「おお、朝日、きたか」

「おばあちゃん、おれ、きたよ！」

この会話も読むたびに、頬《ほお》がゆるゆるになってしまう。

なまらめんこいな、朝日。

本当は大人が描いているのだけれど、読んでいるうちはそんなこと忘れてる。本を開いたとたん、西村朝日くんという小学四年生の男の子が立ち現れて駆け回る。冒頭から作者・朝倉かすみのねこじゃらしにまんまと踊らされる。

子どもを書くのは難しいのだ。ま、ちょっと楽しくはあるのだが、人に「楽しんで書いてますね」なんて言われたくはない。苦労も多ぅございますのでね。大人の俳優が子役を演じるに等しい、と言えばいいか。身も心も子どもになりきることが必要だ。大人が書いているという事実が透けて見えないように、ひた隠しにする。

たとえば、目線。十歳なら十歳の、その年齢と体格の目線で世界を見なくちゃならない。歩いている時、立っている時、小さな子どもの目にはたいていは見上げることになる大人や風景がどう映るのか？　一挙手一投足ごとに立ち止まりつつ考えるのだ。

もっとも重要なのが、ボキャブラリー。セリフはもちろん、地の文も子ども視点なら、その子が知らないような難しい語彙《ごい》は使えない。子どもの頭に浮かぶようなシンプルな、もしくは大人が考えもつかない自由な、言葉に直す。難しいことを難しく書くよりよっぽど難易度が高いのだが、ともすると「この作者は文章がヘタなんじゃないか」とか「ボキャブラリーが少ない」と思われがちな報われない作業の連続。それが子どもを描くということなのであるのさ。

『ぼくは朝日』は、そのへんがとてもうまい。

たとえば、

〈おばあちゃんはこどもを四、五人産んだ〉

なにげないフレーズですけど、大人視点なら「四、五人産んだ」なんて表現はしないですよね。子どもならではのアバウトさがさりげなく表現されていて、見事です。単純に子どもらしい言葉をもってくるだけじゃなく、小学四年生が背伸びをして、あるいは覚え立てで慣れていないふうな言葉を使う、という高度なテクニックもちりばめられている。

〈朝日が軽度の悪さをしたとき、お姉ちゃんは〜〉

軽度（笑）。朝日、「軽度」って言葉を使いたかったんだろうな。

『ぼくは朝日』の舞台は北海道小樽《おたる》市。時代は１９７０年だ。

元号で言えば昭和まっさかりの四十五年で、昭和あるあるネタが満載なのだが、作中では冒頭に〈アームストロング船長が月面を歩いたのは去年である〉という一文が添えられているだけだ。ラストに大人になった朝日が登場するなんていう仕掛けがあるわけでもなく、特に理由も語られず（理由があるとすればただひとつ、朝日と作者が同い歳だということだ）、確信犯的に1970年の日々が綴られていく。

世代的に近い僕にはほぼすべての昭和ネタがわかった。

自称布施明《ふせあきら》似の青年が歌う「愛は、ア、ア、不死鳥」。すっごくよくわかる。なぜ「ア、ア、」が入るのかも。

新しく飼う黒猫の名前を「タンゴ」にしようとする。うんうん。皆川《みながわ》おさむだね。サイボーグ003に似ている髪型。MG5のコマーシャルの団次郎《だんじろう》。ああ、懐かしい。

世代的に近いといっても僕のほうが四歳上で、子どもの時分住んでいたのは北海道とは遠く離れた埼玉県であるのに、どれもこれもが懐かしかったのは、あの頃はきっと流行はのんびりゆっくりで、テレビ番組も漫画も遊び道具もお菓子も選択肢が少なくて、全国どこでも子どもは同じ番組を見て、同じお菓子を食べていたのだと思う。

そういえば僕の家にカラーテレビが来たのも確か小学四年生だったと思う。なぜか朝日みたいに友だちが来ていて一緒に最初のカラー放送を観た。なぜ彼らがいたのか覚えていないが、朝日と同じように、つい学校で自慢してしまったのかもしれない。

昭和ネタがあってもなくても、同じく往々にして説明がないまま放置される北海道弁が理解できなくても、『ぼくは朝日』は面白いし、わからんヤツはわからんでいい、という姿勢は、いっそすがすがしい。

とはいえ、世代の違う人間に、デン助劇場とか、早野《はやの》凡平《ぼんぺい》のホンジャマー帽子とか、伝わるのか？

あ、そうか、いまはネットでなんでも検索できるからな。作者はそうしたいまの時代まで見越して、ねこじゃらしを繰り出しているのかもしれない。かくいう僕も、早野凡平さんを何十年ぶりかでユーチューブで観ました。いま見ても凄い芸だ。

解説や書評や文学賞の選考などなど、仕事で小説を読む時には、いつもペンを片手に持つ。気になったところ、面白かったところをチェックするためだ。

『ぼくは朝日』の文庫版ゲラもそうして読んでいたのだが、途中でペンを放り出した。素敵なフレーズ、面白ポイントにアンダーラインを引いていたら、どのページも線だらけになってしまったからだ。

アンダーラインを引くのをやめた時に思い出した。あれ、これって、あの時に似ているぞ、と。

『平場《ひらば》の月《つき》』を読んだ時だ。

言わずもがなだが、『平場の月』はベストセラーになった朝倉かすみの第32回山本周五郎賞受賞作。僕は選考委員で、この作品を推すと決めて選考会に臨んだ。結果は、ほぼ満場一致の受賞。

『平場の月』は、三十五年ぶりに再会した五十歳の男女のぎこちなく、せつない恋の物語だ。『ぼくは朝日』とはだいぶ趣が違うが、次々と繰り出される切れ味のいいフレーズや、独特の可笑《おか》しみのあるとぼけた「間《ま》」は共通している。なにより情景や人物へのきめ細かい描写力はどちらも素晴らしく、朝倉かすみならではのものだ。彼女の代表作のひとつ『田村はまだか』もそうだが、作者が物語の中に深く入りこみ、身を置き、ひとりひとりの人物、ひとつひとつの場面をつくりこんでいる。そんな印象を受ける。

朝倉かすみは頭の中に劇団を持っているのではなかろうか。朝倉一座の座長・朝倉かすみは、厳しい演出家であるはずだ。大道具を念入りに点検し、小道具の配置をきっちり決め、達者な役者を揃《そろ》えた劇団員（作中人物）に何度もダメ出しを繰り返し、灰皿を投げたりしているような。

たとえば、「愛は、ア、ア、不死鳥」を歌う自称布施明似のカズ坊さんは、この小説の助演男優賞をあげたいくらい、僕のお気に入りなのだが、彼のしぐさの描写はとくにきめ細かい。

〈カズ坊さんが今度は朝日を指差す。深くうなずき、「すごいことなんだよ」と落ち着いた声でつぶやいた。と思ったら、「それがよぅ」と声を張り上げた。勢いをつけ、ソファの背にもたれかかる。肩を怒らせ、両手をソファの座面におき、ガッと股をひらき、捲《まく》し立てた〉

息も尽かせぬ演技だ。

おそらく朝倉さんも彼の才能を買っていて、期待も大きく、だからこそそのキビシイ要求で、灰皿や空き缶をさんざん投げつけたのだと思う（いや、投げてないって）。誤解のないようにつけ加えるが、山本周五郎賞受賞の夜や、受賞式の時にお会いした朝倉さんご本人の印象は、とても役者にモノを投げるような（投げてないってば）ピリピリしたタイプには見えなくて、ほんわかしたチャーミングな人だった。

小説家にとって嬉《うれ》しい言葉のひとつに、「続編を期待」というのがある。それだけ物語に愛着を持ってくれて、もっと登場人物とつき合っていたいと思ってもらった証だ。だが、同時に困った言葉でもある。たいていの場合、作者の中では物語は完結していて、この先はないつもりでラストシーンを描いているからだ。

それを承知で最後に言いたい。

またいつかどこかで朝日に会いたい。くろちゃんにも。カズ坊さんに「霧の摩周湖」も歌わせたい。

♪摩周湖ほほぉぉの夜るるるるるるるるるるるるるるるるるるるるるるるるるるるるる

（おぎわら・ひろし　小説家）

初　出　月刊「パンプキン」二〇一六年五月号〜二〇一八年五月号
単行本　二〇一八年十一月　潮出版社刊
引　用　『クラス全員が出演できる どの子にもセリフがある
小学校劇の本3　3〜4年生の劇の本［Ⅰ］』
生越嘉治著　あすなろ書房

朝倉かすみ（あさくら・かすみ）
1960年北海道生まれ。2003年「コマドリさんのこと」で北海道新聞文学賞、04年「肝、焼ける」で小説現代新人賞を受賞。05年『肝、焼ける』で単行本デビュー。09年『田村はまだか』で吉川英治文学新人賞を受賞。19年『平場の月』で山本周五郎賞を受賞。著書に『植物たち』『満潮』『たそがれどきに見つけたもの』『少女奇譚 あたしたちは無敵』『ぼくとおれ』『タイム屋文庫』『深夜零時に鐘が鳴る』ほか多数。

ぼくは朝日

潮文庫　あ－3

2021年　3月20日　初版発行

著　者　朝倉かすみ
発行者　南 晋三
発行所　株式会社潮出版社
〒102-8110
東京都千代田区一番町6　一番町SQUARE
電　話　03-3230-0781（編集）
03-3230-0741（営業）
振替口座　00150-5-61090
印刷・製本　中央精版印刷株式会社
デザイン　多田和博

ISBN978-4-267-02283-8 C0193
JASRAC 出 2010647-001

潮出版社　好評既刊

小さな神たちの祭り
内館牧子
東日本大震災から十年――。津波で家族五人を失った青年が再び前を向いて歩む姿に優しく寄り添った感動のテレビドラマ、脚本家自ら完全書き下ろしで小説化。

大阪のお母さん
浪花千栄子の生涯
葉山由季
NHK連続テレビ小説「おちょやん」のヒロイン・浪花千栄子を描く、書き下ろし長編小説。貧しい幼少時代を乗り越えて、大正・昭和を駆け抜けた大女優の一代記。

ライト・スタッフ
山口恵以子
映画が娯楽の王様だった昭和三十年代。監督、俳優、脚本家、カメラマン、そして照明技師……。映画制作に携わる人々の人間模様と照明の世界を描いた長編小説。

天涯《てんがい》の海
酢屋三代の物語
車　浮代
世界に誇る「江戸前寿司」はいかにして誕生したのか――。江戸時代後期、「粕酢」造りに挑んだ三人の又左衛門の生涯と、彼らを支えた女たちを描いた歴史長編小説。

漱石《そうせき》センセと私
出久根達郎
〝センセ〟はどんな人なのか。鏡子夫人は本当に〝悪妻〟だったのか。――漱石夫妻らとの交流を通して成長する少女より江の物語を、情緒豊かに描いた長編小説。